学生、戦時下の強制労働
——私の学徒勤労動員日記——

鈴木 光治

本の泉社

はじめに

長く住んでいた静岡の地から、千葉県の娘の家の裏へ引っ越してきたのは八年前のこと。何十年という間にたまった家財を処分するのは一苦労だった。蔵書のほとんどは新設の町の図書館に寄贈し、もらっていただけるものは隣人や知人に配布した。陶器製の火鉢数個、額縁つきの複製画数枚、移動式黒板、父が使っていた茶箱数個、枝切りハサミ二丁など、よくもまあ、たまったものである。残ったがらくたのなかに古いノートや手帳類があった。そのなかから懐かしい小さい部厚い手帳を見つけた。それは、昭和一九年から始まった学徒勤労動員に伴い生産現場である工場に動員された私の八ヵ月間に及ぶ記録であり、貴重な日記だった。戦争は、私たちに多くの傷痕を残し、その後の人生に影を落としている。これは、私の戦争体験であり、青春の記録でもある。ささやかであっても残しておこうと思った。

戦後七〇年たち、あの太平洋戦争を直接体験した人は年をとり少数派になってしまった。しかしあの戦争の恐ろしさや馬鹿らしさは若い人たちに、どうしても伝えておきたい。

しかも、今、平和憲法の下で七〇年間続いた平和に不満で、自衛隊を米軍と共に戦わせようという勇ましいが、愚かな政治家たちが現れた。彼らは日本を取り巻く環境が変わり、危険が迫っているという。そしてその国々が警戒する日本の軍備増強や武器輸出まで始めている。平和憲法の解釈まで自分勝手に変えて、今までの保守党政権でさえ堅持してきた集団的自衛権否認を覆し承認してしまった。日本の若者を戦地に送りたがっている。

この時期に戦争の及ぼす実態を、すこしでも若い人たちに知ってもらいたいとの思いは痛切だ。

そこで勤労動員日記の清書を始めた。私には二人の孫がいる。原稿を読んでもらった。孫たちからは、その度、質問がよせられた。

それをQ＆Aとして、そのままそっくり、注の代わりに記入しておいた。

この七〇年前の日記で、戦争は、戦地で命がけで戦っている人たちだけでなく、国内にいるすべての人々の生活をゆがめ、命を危険にさらすことを知ってほしい。

《目　次》

はじめに……3

昭和二〇年（一九四五年）……9

一月　五日　退屈な授業と暴力的教育サヨナラ……10
一月　九日　浜名湖湖畔の工場で新生活……15
一月一一日　戦局、我が国に不利……20
一月一三日　とに角、腹がへる……24
一月一五日　天皇制教育の結果……27
一月二〇日　焼き入れ、冬は極楽……30
一月二二日　特攻隊は自殺攻撃隊……33
一月二三日　B29友軍機に撃墜さる……39
二月　七日　同級生にいじめられる……43
二月一七日　空中戦と宣伝ビラ……46
二月二一日　戦闘機までやって来た……50

二月二三日　四八日ぶりの休日　昼食抜きで宿借りと遊ぶ……52
三月　八日　空襲の被害と助け合い……58
三月一一日　石けん・刃物・記章づくり……61
三月一三日　新聞報道に疑問を持つ……65
三月一四日　アジア諸国の独立……68
三月二二日　硫黄島陥落、しかし……71
三月三〇日　焼きいも作りで負傷……74
四月　五日　三ヵ月ぶりに母と面会……76
四月　七日　敵の機銃掃射で逃げ回る……80
四月一四日　アメリカ嫌いの理由……83
四月一八日　油タンク燃え出す……86
四月二四日　大東亜大使会議開かれる……87
五月　二日　空襲の被害、勉強の重要性……90
五月　五日　労働災害は誰の責任か……95
五月　九日　伊東でドイツ、イタリヤ……98
五月一六日　シラミ退治……102

目次

五月二五日　戦争は恋も許さぬ……104
五月二八日　恋文で退学……107
六月　三日　沖縄、戦場になる……110
六月一四日　久しぶりの豆腐……113
六月二一日　真夜中の豊橋空襲……114
六月二二日　検閲を体験し分かったこと……119
六月三〇日　工場を守る陣地ができる……124
七月　八日　沖縄の生徒たち、犠牲に……125
七月一〇日　敵機何十機も空襲……128
七月一六日　連日の空襲……129
七月二〇日　日用品の盗み広がる……130
七月二六日　爆撃後重傷者への輸血の悩み……133
七月二七日　女工さんたちの古い宿舎へ、そして半年ぶりの入浴……138
七月二八日　兵隊の洞窟堀りに　一億玉砕への疑問……142
七月三〇日　艦砲射撃恐怖のなかで考える……145
八月　一日　夜の水泳……149

八月　五日　動員中唯一の授業、軍事訓練　152
八月一〇日　広島に新型爆弾　157
八月一一日　戦争成金の幽霊うようよ　161
八月一四日　七ヵ月ぶりの帰省　164
八月一五日　終戦を踊り上がって喜ぶ　167
おわりに　170

昭和二〇年（一九四五年）

一月五日　退屈な授業と暴力的教育サヨナラ

いよいよおれも御国のために役立つ時がきたのだ。一億の国民が何もかも捧げて鬼畜米英と戦っている時に、勉強もへちまもないものだ。国滅びて何の教育ぞやである。聞くところによると、文部省は冬休み廃止の方針だったそうだ。ところが、おれの学校はどうだ。そんなことは無視しちゃって今まで通りに休ませたというわけだ。おれとしては嬉しかったけど、戦地にまさか休みはないだろうし、工場だって正月なしで働いていると聞くと、なんだか悪いような気がする。肩身の狭い思いがする。この戦時下ではのんびり休もうと思うほうが間違っているのだ。その休みも今日限り。明日から待ちに待った学徒勤労動員だ。おれたちの学校でも上級生はみな昨年のうちに動員されて工場行きで、今はおれたちが最上級生になってしまった。尊敬する先輩立川さんは陸軍士官学校行きだし、同郷の先輩中村さんは海軍兵学校へ行った。志田さんや安藤さんや村井さんは予科練（海軍飛行予科練習生）にはいった。おれも来年になったら陸士か海兵を受ける資格ができるが、今の所はどうしょうもない、だから今おれにできる御国に尽くす道は武器を作ることしかない。

工場で働くんだ。思いっきり御国のために天皇のために尽くすのだ。

　しかも嬉しいことに、あの憂うつな学校生活ともお別れだ。あの神山の退屈な講演の速記みたいな授業をもう聞かなくてもよい。その講演が昨年も一昨年もイガグリ頭が変わらないように同じだった、という先輩の話である。おれたちに書きとらせるために、ゆっくりと述べる口調、続くしばしの間、おれたちを見下す彼の得意満面の丸顔、手に持つ古びた一冊のノート、黙々と書き続けるおれたち、という筆記作業ともお別れだ。彼の授業で学問とは永久不変のもので退屈なんだと学んだ。印刷術のなかったころの筆写の苦労を察することはできた。神山と正反対で、どこをノートしてよいのかわからない石田ともお別れだ。得意の隷書まがいの気取った字を黒板にちらばせて、ご自身が酔いながら古い時代についての知識を少しずつ切り売りしていく。あの骨に皮をかぶせた細い体の持つ情熱は、まるでエジプトのミイラが自己のありし日を物語っているかのような錯覚さえ起こさせた。彼の熱心さは分かったが、おれはどうも彼の東洋史の持つカビくささと狭さが気にくわなかった。その石田にもう用はない。公然と勉強しなくてもよいとは、なんと学徒勤労動員とはいいもんだ。あの大きらいな教練（軍事訓練）をしなくてもよいのだから動員さまさまだ。配属将校の花井中尉め。御自慢の長靴を勢いよく休めの姿勢から引きつけて、あの鋭いぎょろりとした目をおれたちに向けるのだ。「きさまのゲートル（厚地の布ですねに巻きつける）は何だ。たるんどるぞ」ぴしゃりと、ほほをなぐる。「きさま、あごを引け」また、ぴしゃり。「なんだ。そのかっこうは、気をつけ」あーあ、あの蛮声、あの憎々しい面構え、あの暴力。あいつはおれたちが命令一下機械のように動かなくては気がすまん男なのだ。おれたちの見せかけがきちんとしていれば、満足している男なのだ。生徒がふるえあがっているのを楽しんでいるのだ。彼こそ、いばりちらす軍人の見本。しかし、もうおさらばだ。痛快。体育の大男の大里め。あいつには整列の時、ちょいと動いたらなぐられたっけ。蚊をたたいたら、たたいた人間がたたかれたのだ。メソメソ泣いてやったら奴、困っちゃってなだめたっけ。やさしい所もあるんだな。いやに取りすまして口をすぼめた女性的な国語の新見、でっぷりとふとった英語のチャイナなど、教師の顔が浮かんだ。

明日から待ちに待った工場行きだ。たった一つ残念なのは雑煮が食えなくなることだ。一月の一五日ごろまで、毎朝雑煮を食べ続けたものだが……止むを得ない。非常時なんだ。敵に勝つまではぜいたくは言えない。

工場へ行って何をするのだろう。前の年にやった紡績機械をぶちこわして運ぶような破壊の仕事は何だか気が進まない。あの工場は貨物列車の引き込み線まである大工場だった。そのなかにまるで一つが小屋ほどある機械がたくさんすえつけてあるのだ。それをじゃま物扱いに取りはずし運び出したのだ。今は着る物は問題ではない、はだかでなければよい。

それよりも戦地の兵隊さんに鉄砲を送ること。弾丸を一つでも多く与えることの方が大切なのだ……ということは分かっていても何かいやな仕事だった。あんなに大きく複雑で立派な機械はすごく高価だろうな。ごろごろ転がっている紡錘というのか、細長い糸巻きみたいなのをけとばしながら「セイノー、セイノー」という土方専門の気合いを一人前にまねて、機械を引っぱり出し、工場をカラにして行くのだ。あのあと、ズラリと工作機械を入れただろうな。今度の工場ではつぶす仕事でなくて作るほうをやってみたい。飛行機を作りたい。おれの作った奴が大空をかけめぐり鬼畜米英をふるえあがらせるのだ、と想像すると痛快である。それがこのおれの聖戦に参加する道なんだ。戦地の兵隊さんの御苦労に応えるためにがんばろう。天皇陛下の御為にこのおれの体を捧げるのだ。万世一系の天皇陛下、万才。世界に誇る大日本帝国、万才。

〔Q〕おじいちゃん、これを書いたのは、何歳の時なの？
〔A〕今だと中学三年生。一四歳から書き始めたんだ。
〔Q〕蚊をたたいたら、人がたたかれたとは驚きました。なぜすぐたたいたのですか？
〔A〕戦争は外国との暴力の衝突で、国内でも暴力による支配なのです。
〔Q〕おじいちゃんは勉強ぎらいだったの？

〈A〉そう。本で読めば分かることを、長々としゃべられると馬鹿らしくてね。だけど戦後は違いましたね。国語の先生が自分の選んだ教材で熱心に教えてくれたり、化学の授業など毎時間実験で実に面白かった。

一月九日　浜名湖湖畔の工場で新生活

ここへ到着以来、書くひまがないのにあきれた。書く場所がないと言った方が正確かもしれない。

六日、遂に初めての土地、浜名湖畔の新居駅に下りた。空はどんよりくもって寒い日だった。その寒さにまるで町まで氷ってしまったかのようにあたりは静かだった。汽車の蒸気の音が去った後、おれたち七十余名の靴音がいやに大きく響いた。砂利でごつごつした道を歩きながら町を眺めた。まったく無気味な町だ。道路の土けむりをかぶった白茶けた板壁、年を経てまだら模様を描いている瓦屋根、風雨にさらされて板目の飛び出た戸、という古めかしい同じような家が並んでいて、人が一人もいない。この町は死んでいると思ったとたん、おれはぞっとした。変な予感がした。

それに昼に出されためしはどうだ。御飯のなかにウドンが三センチほどに折ったのが入れてあった。ウドンめしなんて生まれて始めてである。御飯は柔らかいのに、そいつは硬くてパリパリかんでいると、家を離れたことを思い切り知らされた。家ならあんな気にくわない料理の時は、おふくろに文句を言えたのだが……それにどんぶりに平らなめしの分量では、食い気盛りのおれの腹八分目にもならない。これからが少々心配になった。それにしてもあれからあとウドンめしが現われないから、あれは特別な歓迎用の献立だったのか。

午後は工場のなかを案内されて一周した。ものすごく広い工場である。四隅で野球ができる砂地の広場があり、木は一本もないという殺風景さ。その西側に工場が平たく例ののこぎりの歯を上向けにした屋根を並べて横たわっていた。その向こうに我々の宿舎が二階建ての、ちょうど小学校の木造校舎のように、細長く三棟並んでいた。以前は女工さんの宿舎だったという。工場のなかはがらんとして、機械がすこししかはいっていない。おれたちが昨年からにした紡績工場に比べると、ここは明るくいかにも新しい。そのため工場のなかがずっと見通され威圧を感じさせない。気持ちのよい工場である。このおれの見た二つの紡績工場もこの非常時に中味を変えさせられて新しく軍需工場として生まれかわることにより、同じ使命に立ち上がっているのだ。当然のことなのだ。止むを得ないことなのだ。ここは今、工作機械を揃えようとしているのである。ほこりのついた旋盤やボール盤がまだ放り出されて動かす人を待っている所、もうすでにブンブンうなるベルトとガチャガチャ動く旋盤が鉄を削っている所など見て回った。土方のおやじさんたちが機械を運びこんでいる所にもぶつかった。セイノーと言って力を入れている昨年のことを思い出させ親しみが持てた。女学生もいたので急におれたちは元気が出てきた。かなり大勢いた。頭はきれいな手ぬぐいをかぶって、油でよごれたエプロンをかけてサッサと手を動かしている様を見ていると「大和なでしこ」という美しい呼び名がぴったりしているなと感じた。殺風景な工場のなかに咲く花である。気のせいかどれもこれも美人に見えてしょうがなかった。おれのなかの男の血が「がんばらなくては」「はげみがあるぞ」という一種独特の楽しみと刺激を感じた。友だちのなかには嬉しがって小おどりしている軟派もいた。終わりごろ、洞くつみたいに薄暗い所にはいった。見上げると今までの所よりぐっと高い天井に僅かの明かり窓があるだけである。目が馴れてからよくよく見ると、電気炉といわれるものが十幾つかどっかりと巨体を横たえていた。真ん中の広い空間には一畳半ほどの水槽と油槽が並んでいた。部品の冷却用に使うのだそうで、そのわきに鉄の硬さを検査する変てこな機械、そこここに積まれた鉄棒や鉄のかたまりでごたごたしていた。焼入れという所で鉄を硬くする所だそうである。よく上級生に言われた「焼きを入れる」という言葉はここからだなと思った。

一通り回ってみると、やはり旋盤で機械を操って物を作るのが一番面白そうに見えた。どれか選べと言われたら、おれは旋盤を選んだだろう。あの硬い鉄がまるでりんごの皮をむくように、たわいもなくすらすらと削られていく様は愉快だ。くるくる巻きついて熱のため青く美しく変色しながら落ちて行く鉄屑、白光りに輝く部品……なかには「検査の所だと女学生がいるからいいぞ」と言っている奴もいた。しかし皮肉なことだ。どうも気の進まない焼入れがおれたちの職場にきまってしまったのである。いくらか張り切っていたおれだってがっかりしたが、しかたがあるまい。わがままが言えない非常時なんだ。

宿舎は三棟の真ん中の二階が我々にあてられた。八畳の部屋に七、八名ずつ十ばかりの部屋を占領したわけだ。

七日、もう働かしてくれるだろうと思ったら身体検査だというのでがっかりした。なかなかくわしく調べて、身長・体重・胸囲・坐高はもとより肺活量なんていうのまでやった。おれはどうも小さくて恥ずかしかった。肺活量の大きい連中は砂吹きとかいう大変なそれだけにやりがいのある仕事を割り当てられた、おれの部屋七人の内、大沢が砂吹きに回された。血沈もやった。早く血が下がるのは肺病だと聞いたので、これも心配だ。血液型も調べられた。耳たぶの血をとってスライドグラスの上にのせるとわかっちゃうのだ。あんなに簡単にわかるものとは思わなかった。B型ということである。B型の者は少ないと聞いたので少々鼻が高かった。

部屋に帰ってから南京袋のような荒い目のカーキー色の作業服が届けられた。同じ色のどうやら布らしきものでおおわれているが、のりと紙でやっと形を保っている帽子も支給された。丸いセルロイド製の氏名章も配られた。中島飛行機会社のマークの下に「学徒隊」と印刷してあった。その下に言われた通り自分の名を書き血液型もB型と記した。爆撃をくらったり怪我をした時に役立つのだそうだ。早速仕事着を着て胸の右上にそれを付けたらなんだか学生のころより格が上がったように感じた。誇らしく思った。

一月一一日　戦局、我が国に不利

敵アメリカはルソン島に上陸を開始したそうだ。フィリピンにはおれの従兄も将校としている。彼にもいよいよ活躍できる時がきたのだ。しかし、あのすばらしい特攻の戦果にも拘わらず上陸できたとは信じられないくらいだ。あれだけの軍艦や輸送船をやっつけられてもなおくたばらなかったとは、どういうことなのだろうか。まったく物のある国だ。決して見くびるわけにはいかないことが、だんだんおれたちにも分かってきた。この戦争の初めに真珠湾で大勝し、マニラ、シンガポールと次々に占領し、南洋の島々を我が軍の指揮におさめただけでなく、アリューシャン列島のアッツ島まで攻略したころは、まったくアメリカは図体がおおきいくせに、たいしたことはないと思った。この戦争は案外早く我が軍の勝利の内に終わるのではないかと思った。ところがガダルカナルが「転進」と公表された。転進とは奇妙などうも気がかりな言葉だが……それはそれとして、ガダルカナルに日本軍にかわりアメリカ軍が居住することになったことは確からしい。その後、アッツ島の我が軍守備隊は大和魂を発揮して全員玉砕してしまった。あゝ北海の孤島に散った

一月一一日　戦局、我が国に不利

英霊の御魂安かれ、さらにマーシャル群島から始まってマリアナ諸島の重要地点サイパン、グァム、テニヤンなどを次々にアメリカに取られてしまった。アメリカ本土攻撃の重要な足場であり、我が本土防衛の基地である重要な南洋群島は敵の手にわたり、東京が空襲されることになってしまった。そして遂にフィリピンを攻撃しにきたのである。さあ、苦しい戦局になってきたぞ。だが何が何でも勝たなければなるまい。

それにしても我が勇敢なる兵隊さんの活躍にはまったく頭がさがる。彼等の死闘がなかったら、フィリピンはおろか本土にまで上陸されてしまったに違いない。その奮闘の一例が今日の新聞に載っていた。敵の上陸作戦は先ず空と海からの一斉射撃に始まる。飛行機と軍艦が情け容赦なく上陸地点目がけて弾丸をたたきこみ、もう大丈夫という時点になって初めて上陸させるのが常套手段らしい。どうも臆病者が多いとみえて日本軍のように雨あられと弾丸が飛ぶなかを勇ましく敢行できないのだ。それだけの援護射撃を受けながら、上陸の時にはさらに戦車を先頭にしてその後におっかなびっくり従うというのだから、アメリカ軍というのは情けない奴らである。従軍記者の目撃によると、このようにして上陸した敵兵が次から次へと数を増やし、やがて海岸から道路へとさしかかった戦車に、あっと思う間もなくたこつぼ式壕のなかにかくれていた我が勇士が爆雷を抱いて飛びかかっていった。ごう然たる爆音とものすごい爆風の跡、道路に掘られた黒々とした大きな穴や鉄片を残して戦車も勇士の姿もなかったという。

　おれはこの記事を読みながら涙が出てしょうがなかった。それと同時に小さいころよく聞いたノモンハン事変の時の話とまるで同じようだと思った。満州の国境を境にしてソ連と小ぜり合いをした時、むこうの戦車の前に我が軍の勇敢なる兵隊さんが火炎ビンを持って飛び込んでは敵の戦車を粉砕したという話である。この時の話をしてくれた大人が日本軍の勇敢さをさらに完全にするため、得意そうに我が軍の全滅するまで戦ったと語ったとき、おれは何とも言えない感じになった。それでは負けたのではないか。兵隊が鋼鉄に向かって勇敢にも戦いをいどみ若干の損害を与えた。しかし結局鉄にはねとばされてしまった。何だかこの話の背後には不可解なものがある。

　井上さんは工員のなかでもとりわけ良い人だ。彼のおかげで世の中の動きをすこし知ることができた。彼が辨当の包み紙の新聞紙をいつもとっておいて見せてくれるのである。この工場内の寄宿舎にはラジオはないし新聞はないし、このままにして置かれたら、ただ噂を聞きかじって時局を判断するより外なかったろう。わけもわからず働くみじめな存在になるところだった。井上さんは親切な人で、仕事の時おれたちがわからない所を聞くと、すこしもいやな顔をせずに教えてくれる。ただ時局の話になると笑って聞いているだけで、彼の意見は絶対に言わない。もっともふだんから無口でちょっと薄気味の悪い人である。

なぜ思ったことを言わないのだろう。おれたちをまだ小さいと思って馬鹿にしているのだろうか。いや、あの人はそういう人ではない。先日もおれが戦局について「いよいよ負けいくさだな」と言ったら「ぼくには何でも言ってよいが、そういう言い方は他の人の前では絶対にするな」と小声だが強く言われたが、目はやさしくおれを見守ってくれるという感じだった。しかし何にもましておれは新聞が読めるのが嬉しい。この節では紙も貴重である。便所のおとし紙でさえ買いたくてもないのだから、新聞のご厄介にならざるを得ないし、包み紙にも新聞はなくてはならない。鼻なんか紙を使うにはもったいないと手鼻で解決する始末である。

〔Q〕おじいちゃんが「負けいくさ」と言ったら、工員の井上さんが「他の人には絶対に言うな」と警告したのはなぜ？

〔A〕戦時下には「負ける」などと言おうものならすぐ警官に逮捕されることになった。そのころの日本には言論の自由はなかったんだ。「言論・出版・集会・結社等臨時取締法」という長たらしい名前の法律で取り締まった。言論の自由はなかった。

一月一三日　とに角、腹がへる

とにかく腹がへる。むしょうにへる。時間がくると食堂へすっとんで行く。列を作って待つ。その間におかずは何か、めしのなかに混入されたものは何か観察しておく。今日はじゃがいもの煮っころがしとヒジキがまじった黒い飯だった。やがて順番がくる。食券を提出する。すると細長い小窓の内側からまずめしの丼が差し出される。それをつかむと次の窓口で副食の皿をつかみ食卓へ行くのだ。丼のつかみ方がなかなか難しい。あまり粘って盛りのよい丼がくるまで待つわけにはいかないから、二つ三つ出されたなかからとっさにパッと選ぶのだ。目がキョロキョロしようが体裁なんかかまっていれない。浅ましい限りなのだが止むを得ない。大沢の話しによると、あいつは大盛りをあてたそうだ。運のいい奴だ。重労働者用の山盛りの丼をうまくあてたものだ。奴の話だと土方のおじさんたちの後に並んでいる時に、内側で間違えたのだろう。大盛りが一つあまっちゃったのをしとめたわけだ。そればかりではない。つい先日は食券を何枚か拾ったというのである。同じ部屋のよしみで、おれも一枚もらった。あいつは体が大きく動作がのろいくせに、まった

一月一三日　とに角、腹がへる

く運のいい奴だ。働くのは昼間だけだと思ったら大間違いだった。三交代で八時間ずつ働くのだ。夜おこされた時の眠いこと、全くそういう時は起こす奴がうらめしくなる。学徒勤労動員を賛美したことが後悔される。しかし、どうやら起きられるのは夜食があるからだ。いつもうどんときまっていて、それにおつゆが何もなく、ただ醤油で茶色く染められ水ぶくれしたのがぐにゃぐにゃと、とぐろを巻いているのだから馴れないとみみずのかたまりが連想されて薄気味悪かった。飢えをしのぐのはこの時だけなのだから止むを得ずかぶりつくが、どうもうどんがうまくない。その内に、起きたてに食うのが悪いのだと気がつき少々工夫した。たとえば食堂まで駆け足で行き、さらに暗い運動場を走り回るとか、一仕事やって夜食の終わりぎりぎりの時間に滑り込むとか……

時どき食べ物が足らないことで不平を言いたくなる。その時は戦地の兵隊さんのことを考えることにしている。水さえ思うように手にはいらない時もあるそうだ。何日も食べない時さえあるそうだ。そういうなかで我が国のために天皇陛下の御為に戦っている人たちのことを想像すると贅沢は言えなくなる。おれたちには丼めしのほかに夜勤のときはうどんがあるし、腹をこわした時は白米のおかゆを食べることができる。もっともおれたちのなかにはこの真っ白なおかゆ食べたさに医者の所へ行き、腹痛だといつわり大腸カタルという診断書をもらって食堂へ行き、おかゆと梅干にありついているのさえある。おれたちの場合は逃げ道があるのだ。荒川がおれにもやれと親切から言ってくれたが、どうもおれには勇気がでない。第一、医者をだまさなくちゃならないし、その上、丼半分の量のおかゆではかえって腹がすいてしまう。

一月一五日　天皇制教育の結果

恐れ多い極みである。昨日の午後三時ごろB29が六〇機あまり来て名古屋付近を爆撃したが、その一部三機が伊勢大神宮の神域に爆弾を投下し、天皇陛下や宮殿下の御宿所たる斎館《さいかん》二棟と神楽殿を破壊してしまったというのである。

軍部はなにをしていたのか。未然に防止できなかったことを恐縮しているということだが、全く情けないことである。どうしてやっつけられなかったのか、また、B29の盲爆ぶりにもあきれてしまう。あまり高度からだから標的がはずれてしまったのだろう。それに高射砲にねらわれるし、我が軍の戦闘機を恐れて、人間なんかほとんどいない神域にまで爆弾を落としてしまったのだろう。しかし我々日本国民としては聖なる神域を汚されてしまったのである。これが怒らずにいられるだろうか。

家のなかへずかずか入って来た敵の奴が棍棒を振り回した末、家の最も大切な天照大神を祭ってある場所をぶちこわして逃げていったのだ。神武天皇が即位されてから我が国二六〇〇年の歴史になかったことだ。全く新聞に書いてある通りだ。「敵が盲爆により我帝国一億国民敬仰の中心たる伊勢の神宮に爆弾を投下した凶暴な行為は愈々鬼畜の本性を暴露したもので、この敵こそ断固として地球上に存在を許さざるものである。」

小学校のころの朝礼の時を思い出す。毎朝寒い日も暑い日も真心をこめて宮城と伊勢神宮の遙拝を全校児童揃ってやったものだ。おれが上級生だった時、たまたま級長の奴が欠席した。するとあわてた担任の先生が副級長のおれにやれと言った。そこで、おれが号令をかけることになった。恥ずかしがりで、号令をかけるのが苦手なおれだから、たちまちあがっちゃって、伊勢神宮が先か宮城かが、とっさに分からなくなり、全校児童のどよめきで号令が間違えたことを知ったことがあった。その時のおれの心は恥ずかしい気持ちもあったけれど、それより崇拝しなければならない尊いものに対しておれは償えない罪を犯したと思ったのだ。それからその過ちがずっと心の重荷となってしまった。だからこそ修学旅行で伊勢神宮へ行った時、朝礼の号令の過ちをお詫びしてやっとほっとした。おれたちにとっては、伊勢神宮はマホメット教徒のメッカのようなものだ。彼等は日に三回礼拝するそうだが、おれたちはたった一回しかしなかったとはいえ気持ちは変わらぬ。いやそれ以上だ。マホメットはアラーの使者にすぎないが伊勢神宮の祭神は天照大神《あまてらすおおみかみ》だ。神様なのだ。しかも現人神《あらひとがみ》天皇陛下の御先祖である。歴史で習ったとおり大神はこの日本の国をお作りになった神イザナミ、イザナギのミコトの直系の神の身であらせながら、この我が国を愛するあまり天にもどらず、この地においてお治め下さったのだ。まったくありがたいことである。その神域を汚されてしまったのである。前に小磯首相が「敵が我神聖を冒すことあらば、断固報復を加えん」と言っていたが、今や盲爆にしろ現実に冒されてしまったのである。何がなんでも鬼畜米英をやっつけなければならぬ。

〈Q〉おじいちゃんは、小学生の時、号令をかけ違えたそうだけれど、伊勢神宮と宮城のどっちが先だったの。

〈A〉今でも分からない。

〈Q〉日本は戦争中に紀元二六〇〇年になったというのはどういうこと？

〈A〉日本が長い歴史を持った偉大な国であることを国内外に示そうと、歴史を偽造して、神話の時代を実際にあったかのように教えたのさ。

〈Q〉天皇は現人神？　そう教えられていたの？

〈A〉そうだよ。戦前の明治憲法は第三条に「天皇ハ神聖ニシテ侵スヘカラス」とあり、まさに生きている神様扱いだった。ただし敗戦後一九四六（昭和二一）年一月に天皇自身が「神ではない」と否定したんだ。これが天皇の「人間宣言」だが、この名称は、当時のマスコミがつけたものだ。

一月二〇日　焼き入れ、冬は極楽

今日はめっぽう寒い。寒暖計なんてものはないが（実は人間用のでなく機械用はある）零下何度かは確実だ。水たまりがコチンコチンに凍って神田の奴、起きぬけにすべって尻もちをついた。他人事ではない。おれだっていつもの通り駆足で工場に向かった時、面白半分に氷の上を踏んだら危うくでんぐり返りそうになった。それにしても、この寒さに例の耐寒訓練の体操とかで、だだっ広い運動場で寒風に吹きさらされるのはつらかった。だがこんな寒さに出っくわすと、つくづくこの焼入れのありがたさが身にしみてくる。畳二畳敷き位の大きな電気炉をでかい火鉢がわりにして冷えた体を温めることができた。ここは穴倉みたいに暗くおまけに変な臭気が漂っている（油の焦げるにおいらしい）なかで、馴れたらあまり苦にならなくなった。住めば都とはよくいったものだ。それにこの焼き入れの重要さが漸くわかってきた。鉄を硬くするのだが、この工場では二つの方法を取っている。第一に高熱のなかに何時間もおいた鉄を水や油のなかで急激に冷却する方法であり、第二は炭のなかに鉄を入れて高熱に何時間か熱して炭素をしみこませる方法である。

一月二〇日　焼き入れ、冬は極楽

しかし、おれがあの真赤な鉄を水にほうりこむ勇ましい係ではなくて、同じ場所だが硬度検査の方に回ったのは少々しゃくにさわる。体が小さくて頼りなく見えたのかもしれない。腕の力はかなり自信があるのだが、どうもここでは貧乏くじばかり引いている。三木と村上も一緒だ。油圧式の高度計は精巧な機械とは言えず両側にぶらさげた大きな茶筒みたいなおもりを中央のハンドルを上下に動かして、油を圧して上に持ちあげてから瞬間的に落とし、その重みで下にはさんだ鉄をへこませるのである。そのくぼみの直径が何ミリだということで、合格か不合格か決めて行く。油を圧縮する音がタクタクと軽快に響き、停止、ドシンというのは最初のうちは面白かったが、それを何百回何千回とタクタク、ドシン、タクタク、ドシンと繰返すと、もうたくさん。あの単調さ。手の痛さ。そして最もしゃくにさわるのは女々しくてすこしも豪快さがないこと。しかし仕事が一段落ついてひまになって炉から鉄を出すのを手伝うのは楽しい。小さな太陽のように輝く真四角な炉の口から引っぱり出し、タングステンみたいに白く光る鉄は、ジャンと水に触れてしぶきをとばし水蒸気をあげながら、もとの黒さに変わって、大きな水槽の底に横たわる。この勇壮さがおれは好きなんだ。何人かでジャンジャンやると、水面は波だち泡だち湯気が立つ。

組長さんなんかは時どきあとで水槽を風呂がわりにはいるそうだ。無精ひげをはやした組長さんは、第一印象ではこわい人だと思ったが、口を開いたとたん静かな言い方で良い人だと感じた。井上さんも体はおおきくてちょっと見ではこわそうだが、新聞は必ず見せてくれるし「ぼくには何でも言ってよいが……」と言われて以来、この人が何だか一番信頼できるような気がする。佐野さんは、どなりつけるので驚かされたが、口ほどでもない優しさがある。こういう良い人たちばかりなのもこの焼き入れの良いところだ。

〔Q〕「焼きを入れる」という言葉は、ここから来たの？

〔A〕そうだよ。見た所は薄暗くていやだなと思ったけど、この「焼き入れ」という職場は冬でも寒さ知らずで暖房つきだったよ。

大きな電気炉がいくつも並んでいたからね。でも夏は暑くてたまらなかった。

一月二二日　特攻隊は自殺攻撃隊

我が特別攻撃隊に敵は恐怖にとりつかれてしまったそうだ。B24（戦略爆撃機）の搭乗者の死体から発見された陣中日記に次のように書かれていたという。

〇〇日　今日も恐れていた日本軍の航空部隊がやってきた。毎夜決まったように午前一時という真夜中、連日の来襲で自分らも隊の空中勤務者をはじめ各航空基地の戦友たちも、すっかり睡眠不足に陥り、今日では味方機の爆音を聞いても「それ来襲だ」、と恐れあわてて防空壕に飛び込むといった有様だ。

〇〇日　最近、日本軍に特攻隊と呼ぶ特殊な航空部隊ができ、昨日もレイテ島方面とスール海方面で我が方の空母がそのために撃沈されたという話だ。何でも一機で体当りをするのであるという。こんな戦法は全く初めてだ。恐らく全世界どこを探しても発見できないであろう。上官たちは「あれは一人で一千人の命を殺害させるから国際法違反である」と憤激している。戦友たちも特攻隊の話しが出ると恐ろしいと顔色を変えてしまう程だ。近ごろの兵営内では特攻隊の話は禁止されてしまった。

一人で千人の殺害、なるほどうまいことを言ったものだ。そう言えば先日も特攻隊の一誠隊は四機で行って航空母艦二つと戦艦一つを轟沈している。近ごろの戦果のすばらしいものは、ほとんどといっていいほど特攻隊のおかげである。自分の命を投げ出して憎きアメリカをやっつけ、我が国を救おうとしている神風特攻隊の勇士に心からなる感謝を捧げる。普通、特攻隊は四機編成で行くらしいが、敵から攻撃を受けた場合援助し、また戦果の確認の意味で直援機という戦闘機隊がついて行く。その直援に行ってきた人たちの話を読むとまったくすごいと言わざるを得ない。敵艦めがけて急降下して煙突に突入した瞬間、敵艦は真っ二つに割れて轟沈したとか。まず一機が敵艦に突入してあけた突破口のなかに続いてもう一機が突入、見る見る内に敵艦は沈んでいったとか……その特攻隊の人たちのくらしがバラックかアンペラの掘立小屋でゴザの上に毛布一枚をまとって寝るのだそうだ。一畳の蚊帳のなかに八人位はいるとは、随分窮屈なことであろう。どんなふうにはいるのだろう。三度の食事も握り飯が二、三個ずつか、まずい乾燥野菜のすまし汁だという。まったくおれたちは不平を言えたものではない。不十分な丼めしとはいえ副食もいろいろと工夫されている。夜勤の時は夜食もある。布団もある。蚊なんか夏にならなければ心配いらない。不順な気候と不備な食糧と装備で、特攻隊の人たちが命を捨てて戦っていることを知ると、おれたちも増産に励まなくてはいけない。飛行機の生産が伴わないばかりに、必中を期して命をなげだすという特攻隊を作らざるを得なかったと言われている。おれは「戦地の兵隊さんの事を思え」という合い言葉を今まで耳でだけ聞いていた。聞き流してしまっていたのだ。これからはそんなことではいけない。苦しい時とか不平がとび出そうな時には「特攻隊を思え」と言おう。死んだ気になって御国のために尽くすのだ。そうすればできないことがあろうか。これこそ大和魂であり武士道の精神ではないか。この決意を忘れないために特攻隊員の両親にあてた遺書を書き留めておこう。

「今日よりは顧みなくて
大君の醜《しこ》の御楯《みたて》と出て立つ吾《われ》は
大君の御為悠久三千年の歴史を更に光輝あらしむべく特攻隊の一員として敵艦隊殲滅に出発します。
昭和の御代に生を享け海軍航空に身を殉ずる和夫儀にとり無上の光栄です。二十有三年の万恩を謝し遥かに御両親様の御健勝を御祈りします。
猶私の操縦員江口一飛曹、列機搭乗員、児玉一飛曹、遠藤一飛曹、伊達一飛曹、有馬

飛長の実家によしなにお伝え下さい。彼等は一九歳より二一歳の弱年ながらこの壮挙に実に淡々たる心境を以て臨んでいます。部下の写真は私の写真帳にある筈です故御覧下さい。

あゝ悠久の大儀に殉ず
神風特別攻撃隊
近所の皆様に宜しく」

だがもしおれが特攻隊になれ、といわれたらどうだろう。正直な話、おれはいやだ。なぜならおれの撃沈した戦果を自分の眼で見たい。そしたらさぞかし痛快だろう。しかしこの戦時下ではそういう願いも我が儘だと許されない。特攻隊の人たちも、きっと戦果を自分の眼で確かめたかったであろう。その願いさえ特攻隊という任務のために果たせないとは！ 人間を爆弾にし、一発必中をねらうというやり方は残酷だけど仕方がない。自分を殺すことによって敵を殺すのだ。この点で我が国とアメリカなどは根本的に違うのだ。アメリカ軍は「降服しても生き残れ」と兵隊に教えているそうだ。米国内では戦死者はひそかに葬式をおこなうが、生還した者は優遇されるのだそうである。まったく笑止千万であろ。だから敵の兵隊はどうしたら命だけはたすかるかを考えているので、戦車のなかから発見された上官への報告者に「早くこの戦争が終わってくれ！」と書いてあったそうである。日本でそんな弱腰をみせれば営倉入りにきまっている。こんなことが平気なほど下から上までだらしがないのである。捕虜なんか唯ひたすらに命だけを助けてくれというそうである。これでよく戦争ができるものだとあきれてしまう。戦う以上、死ぬ気でなければならない。戦争は殺しあいだ。殺人の多いか少ないかで勝つか負けるかが決まってしまうのだ。

〔Q〕「醜の御楯」って何？

〔A〕「醜」とは、卑下した言い方で「あなた様をお守りする者」という意味さ。この「今日よりは〜」の歌は万葉集第二〇巻にある。作者は「火長」（兵士一〇人の長）で軍人が戦場へでかける覚悟を表し、戦前の軍国主義時代には大いに利用されていた。万葉集は我が国最古の歌集。約一三〇〇年の昔天皇から一般の人の歌を集めた、この万葉集は世界に誇れる作品集だ。

〔Q〕特攻隊のことをもっとくわしく知りたい。

〔A〕特攻隊とは特別攻撃隊の略称だ。敵への体当たりの攻撃が目標だった。実際は「自殺」攻撃隊で、人間を爆弾とした非人間的な作戦だ。最初の特攻隊長関大尉（二三歳）はこう言っているよ。

「日本もおしまいだよ。僕のような優秀なパイロットを殺すなんて……」

特攻隊による戦死者は海軍二六三二人。陸軍一九八三人。合計四六一五人もの未来ある若者が爆弾代わりに散っていったんだ。（半藤一利『昭和史』から）

一月二三日　Ｂ29友軍機に撃墜さる

今日は痛快な日だった。お昼すぎてかなりたったころ、警戒警報がなった。また、おどかし位だろうと思ったので布団にもぐったままだった。夜勤後の眠気は警戒警報ぐらいではさめないのである。ところがなんと空襲警報になってしまった。おれたちちょっとたまげたが、せいぜい一機か二機のＢ公（Ｂ29爆撃機）だろう、と相変わらず布団のなか。どの位たったただろうか。爆音が聞こえてきた。「来たぞ」と誰かが叫んだ。おれたち一斉に外へ出た。防空頭巾は無いので、めいめい布団をかぶった。遠くから見ると、まるで不格好な初たけのようだった。眠気は一度にふっとんでしまった。まぶしい空をふとんの間から見上げると、青空にくっきりと真っ黒な五機編隊を組んで飛んでいるＢ29が目にとまった。夜だと爆音だけがいやに響いて不気味な存在だが、真白い飛行機雲を後ろに引いてゆっくり堂々と進んでいるのを見ると、恐ろしいという感じは持てなかった。思わず見とれてしまった。うわさに聞いたＢ29の姿を初めて見たのである。続いて四機、また四機と編隊を組んで進んでくる。真黒なＢ29が真白な雲を従えて進む様は敵ながらあっぱれな勇姿であった。初め真っすぐに細く糸のように吐きだされた真白な雲はすこしずつ巾を増し、形を変え、まるで生き物であるかのように成長し始める。青空に描かれた真っ白な幾筋もの線が互いにふくれあがり、長く長く連なり、しまいには前からあった先輩の雲に合して行く。おれは美しいというよりももっと心を動かす何ものかがあった。おれは今までにこのような雄大な人間の作品を見たことがなかった。急におれはいばりくさったB29のいたずら書きが憎くなってきた。

と思う間にいつ現れたのか大人に手向かう子どものような小さな飛行機が大きなB29に横から攻撃していた。おれは嬉しくなってしまった。真っ白な友軍機は月光らしい。薄いすぐ消えて行く飛行機雲を後にひいて、まるで流星のようにすばらしい速度で襲いかかっていった。ぐんぐんとB29の横っぱらに近づき衝突かと心配するまで近づいてB29の上空へ出て反転し、またもや見事な速度で近づいて行く。月光がこんなに速いとはしらなかった。あんな高度を飛べる飛行機が日本にあったとは今まで知らなかった。しかし十何機のB29に我が月光は三機で追跡しているのは痛ましかった。それにあの図体の大きなB29に対してあまりに小さい月光があわれだった。何分かの空中戦だったがハラハラした。B29がいつ落ちるか、こっちがやられてはたまらないと気がかりだった。が、どちらも何も損害は受けずB29は悠々と隊伍を乱さず月光は次から次へと接近して行った。おれたちはみんな突っ立ったまま、ふとんを後にだらりと下げて空を見上げていた。しばらくハラハラさせる状態が続いた。その内に終わりの四機編隊の右翼の一機がかすかであるが、黒煙を吐き始めた。「命中した」と誰かがどなった。続いて「やったぞ」と誰かが叫んだ。おれたちは夢中になって見ていた。その一機は見るまに速度が鈍り脱落していった。月光はさらに食い下がって行く。B29はどす黒い煙を吐きながらもまだ悠然ととんでいた。しかし高度も落ちているらしく、もうとてもマリアナ基地までもどれないだろう。海上に突入するに違いない。いい気味だ。

おれは何より嬉しかったのは今日この国でおれの目で我が航空隊の活躍ぶりを見たことだ。何と勇ましいことだろう。あの巨体にあのチビが向かっていってやっつけてしまった。さすがに我が荒鷲だけのことはある。それと同時に飛行機をつくるというおれたちの仕事はやり甲斐のあることだとつくづく感じた。

〔Q〕B29ってどんな飛行機。

〔A〕太平洋戦争中、日本を空襲したアメリカ軍の大型長距離爆撃機だよ、アメリカ基地から一九四四年一月から終戦の八月までにB29は一万五五〇八機、飛来してきたんだ。後続距離が長く五三〇〇～七三〇〇キロメートル（あの優秀な日本のゼロ戦闘

機さえ三〇〇〇キロメートル）

最初は軍需工場を爆撃した。やがて日本の都市への無差別爆撃を開始。一九四五年の三月九日の東京大空襲では下町一帯は焼野が原となり、被災者は一〇〇万人、死者一〇万人を出した。ヒロシマやナガサキに原子爆弾を投下したのもこの爆撃機だ。日本全体の被災人口は九六四万人、死者は五一万人。

この空襲による死傷者や家・家財を消失された人々や家族の悲しみや怒りを思うと、この空襲の指揮者だったルメイ将軍が、戦後航空自衛隊への協力が認められ、日本の最高の勲章を授与されたなんて、思いは複雑だ。

二月七日　同級生にいじめられる

こんな無茶なことはない。おれが一体何をしたというのだ。昨夜遅く隣の部屋から、おれと村上と三木の三名の呼び出しがあった。おれはびっくりした。部屋へ呼びつけるとは何事だろう。何かをたくらんでいるに違いない。隣の部屋には杉田という不良めいた奴がいる。体は大きくないのだが柔道部へ入っていて、いやに気が荒く、何かチンピラ仲間のバックがあるのだとほのめかし、いばりくさっている薄気味の悪い奴なのである。おれの部屋はみんなおとなしい者同志だ。だからこういう呼び出しの時でも従うよりしょうがないのだ。同級生だというのに何たることだろう。隣の部屋の奴等一人一人がうらめしい。おれの部屋の奴等も、もうすこし頼りになってくれたっていいじゃないか。しかし何よりもしゃくにさわるのは何もできずただほっぺたを杉田の奴にひっぱたかれ、罵倒されて来たおれ自身だ。しかもあんなチンピラに。おれは剣道か柔道をもっとやっておけばよかったと思う。そうすれば、あばれてやったのだが……、おれがもっと体が大きく、もっと腕力があればよかったのだ。あの杉田の奴め。一生おれはうらみに思うぞ。おれをなぐっている時の、お前の楽しそうな顔をおれは死んでも忘れるものか。回りにならんでにやにやしている奴共も同罪だ。しかし一番情けないのは、おれ自身だ。何たることだ。臆病者め。弱虫め、いくじなし、卑怯者。

もしおれの部屋に同じ村の出身である田代がいてくれたらこんなことにはならなかったろう。杉田も手をだせなかっただろう。しかしおれは田代に言いつけて仕返しするような卑怯な真似はしない。ただ、おれの胸の奥深くにこの屈辱を叩きこんで置くのだ。腕力ではかなわないが、頭でならあんな奴、問題にならない。勉強など始めから相手にならなかったではないか。知力でかなわんから腕力で日ごろの仕返しのつもりでだったのかも知れぬ。杉田の奴、なぐる前におれの頭の下げようが悪いと言った。挨拶もろくにしない、呼ばれてもろくに返事もしない、おまけに生意気だ、新聞なんぞ読みやがって、とか言った。生意気だという理由は気に入った。いかにも頭の弱い杉田にふさわしい。あいつ等は時局の推移も知らずに漂って得意になっている浮草だ。浮いている内にとんでもないどぶのなかに落ち込もうが、そんなことは一向ご存知ないのだ。

先日は同郷の田代が誰かをやっつけたそうだ。あいつは体力があり喧嘩早いので有名だ。橋田の奴は工員と喧嘩をやってすこし怪我をしたそうだ。みんなここに来てから学校の時より荒々しくなってしまった。ここでは腕力の強い者が勝ちなのだ。先生は何ごとも気づかぬ様子だし、もし知ったってどうしようもないだろう。ここは、まったく無法地帯になっているのだ。この工場では外出するにも許可証を門の守衛にみせなくてはならないし、周囲は高い塀と入江でめぐらされているから脱走もできない。あ、家が恋しくなるよ。

〔Q〕いじめは、昔からあったの？

〔A〕そうなんだよ。戦争中はとくにひどかったね。隣り町へ行ってもにらまれたよ。ある夏、友だちが仲間と大井川に水泳に行き、対岸の村の数名とけんかをし、骨を折られたり何名か重軽傷を負ったという事件もあったな。国が中国や朝鮮を暴力で支配しようとしたり、敵国である米英を鬼畜と呼んでいたんだ。そりゃあ暴力より話し合いや協力の方がいいに決まっている。

二月一七日　空中戦と宣伝ビラ

一昨日は午後から空襲を受けたが、昨日は朝っぱらから警戒警報だった。いつ来るか、いつ来るかと思いながらの作業はどうも落着きがなかった。だから昼間空襲警報のサイレンがけたたましく響いた時には正直な所ほっとした。直ちに工場から出て空を見上げると一向に飛行機らしきものさえ見えず、今度はがっかりした。さて仕事をしようかなと考えていたら爆音がかすかに聞こえ始めた。また今日も空中戦が見えると思っただけで胸がドキドキしてしまった。今日はＢ29のような爆撃機でなく、昨日と同じ小型の戦闘機で十数機乱れて飛んできた。Ｂ公のような堂々たる音ではなく、けたたましい音に思わずびくっとして工場の壁にかくれた。乱れていると思ったのは、よくよく見ると翼に日の丸の印をつけた我が軍の戦闘機が三機か四機で追い回しているのだった。急上昇したり下降したり旋回したり、物すごい勢いで敵機は逃げまくる。その後をねらって友軍機が巧みにぐんぐん近づき機銃弾を浴びせている。おやっと思ってその後に注目すると、その友軍機の後ろから別の敵機がねらいうちしているではないか。ハラハラしながら見ていると、アッと思

二月一七日　空中戦と宣伝ビラ

う間に接近した友軍機の一撃に敵機がサット黒い煙を吐き出した。おれたちは思わず「ワーイ」と歓声をあげた。やがて黒い煙の下から真赤な火を噴出し出すと、敵機はまっしぐらに海上めがけて逃走しだした。しかし機銃弾は機関部に命中したと見えて、たちまちの内に火だるまになり、大きな弧を描いて消えてしまった。近くの海に突っ込んだに違いない。

あんなに見事な撃墜ぶりを見ると、我が軍の飛行機が優秀な上に、飛行士たちの腕前もまさっているのだと誇らしく思う。とに角段違いに我が軍の方がすぐれているのだ。敵機はたちまちの内に逃げてしまって空襲警報は解除された。工場のなかにはいっても、しばらくの間おれたちは目撃した空中戦について話し続けた。それから警戒警報が解除されぬままにかなりの時間がたった。こんなに長い警報は珍しかった。それにあんな小型機が我が国の本土まで来たのはマリアナ諸島からでは無理だから航空母艦からに違いないと察すると薄気味悪かった。

果たして午後になって、また昼ごろ見たのと同じ型の敵機が今度は五、六機でやってきた。おれたちは皆逃げる気もなく、また友軍機の応戦ぶりを見ようと外につっ立っていたら、敵機はさっきよりずっと高く飛びながら紙片みたいなものをばらまいた。それがヒラヒラと空に浮かぶ様は壮観だった。さんさんと輝く日光に複雑に反射するさざなみのようだった。

おれたちは我先にと紙片を拾いに行った。工場内にも降りて来たからである。村上が一枚拾ったので見せてもらうと。板垣退助とかいう聞いたことのない人物の顔と、「板垣死すとも自由は死せず」と書いてあった。変な言葉だけど、いやに調子がよいので覚えてしまった、「自由は死せず」とはいやに気になる言葉である。だってこの戦時下に国民みなが自由にしたら大変なことになる。みんなが自分勝手なことをしたら戦車も大砲も作れなくなって戦争に負けてしまう。おれの村の厚かましい豆腐屋のように、この物資の足らぬ時に、どんな物でも戦争のために役立てなくてはならぬ時に、自由に家を新築するなんてことをみんながしたら一体どうなることだろうか。世の中は混乱してしまうだろう。その点、我が国の大政翼賛会とはすばらしい組織だ。政党などという利己的な言いたい放題のことや些事はさておいて、天皇のために政治をみんな協力してやっていこうというのだ。極めて崇高な利害を超越した美しい考えであると思う。ただ質問演説はいつも政府に賛成ばかりで面白くない。たまには反対してくれないか、と期待しているのだがどうも奇蹟は起こらない。あれでは協力ではなくて、おべっか使いだ、と言いたくなる。とに角、聖戦を遂行するためには、不自由だって忍ばなければならぬ。今は自由とはけしからんことなのだ。新聞にも書かれているように、あんな「内容は取るに足らぬ荒唐無稽なもので迷わされぬ事」が大切だ。アメリカの奴もあまりおれたち日本が強いのでびっくりして銃後をかく乱しにあんなビラをまいたのだ。その手に乗るものか。

〔Q〕おじいちゃんは、板垣退助を知らなかったの？

〔A〕知らなかった。あのときの宣伝ビラで知った。

〔Q〕「大政翼賛会とはすばらしい組織」とかいてあるけど、どんな組織なの？

〔A〕辞書で調べてみると「一九四〇年一〇月第二次近衛内閣の下で新体制運動の結果結成された国民統制組織。各政党は解党して合流……」（広辞苑）

衆議院選挙に干渉して翼賛議員を当選させたり、国民の私生活に干渉もした。婦人の長袖やパーマネントを止めさせたり、防空服装を強要したんだ。今思うと国民を戦争に駆り立て協力させる組織だ。

二月二一日　戦闘機までやって来た

さあ、大変なことになったぞ。いよいよ我が領土が敵に侵されようとしている。硫黄島へアメリカ軍が上陸を開始したというのだ。近ごろいやに連続して空襲があると思ったら、硫黄島上陸を援護するためなのだそうだ。臆病なやり方だ。我が内地の飛行機をけん制し彼等の上陸と補給を楽々と行えるように苦心惨憺している。我が軍のように雨あられと敵弾の降る中を勇ましく敵前上陸する勇気はアメリカ軍にはないらしい。情けない奴等だ。あわれむべき軍隊だ。

一五、六日とグラマン（戦闘機）が来た。一八日の夜半には空襲警報で起こされた。なんのことはない。浜松へB29がたった一機来て爆弾を落としただけだそうだ。一機ばかりで起こされたんじゃたまらない。まったく眠かった。一九日の午後はB29が数機、編隊を組んでやって来た。鉄橋などをねらって爆撃したそうだ。組長さんから伝え聞いた所によると、鉄橋のはるか離れた所に、爆弾が列をなして落ちたという。水煙が何メートルも上がってものすごかったということだが、海の中では魚が驚いた位のものだ。まったくへまな奴である。しかし空襲がこう続くと正直な所いらいらしてくる。相手が下手なだけに、どこへ落ちてくるかわからないという心配が出てくる。しかもその度毎に工場の仕事から離れて退避しなければならない。これで「一機でも多く飛行機を送れ」という第一線で奮闘している勇士の叫びに答えることになるだろうか。

硫黄島なんて小さな島は、おれは今まで知らなかったけれど、戦略上重要な地点なのだそうだ。もし飛行場をとられたら大変なことになってしまうらしい。今までは空襲はマリアナ基地からだったからＢ29でなければ、我が国まで往復できなかったが、硫黄島からはわずか三時間でこれるだけでなく、Ｂ29はもちろんＢ24（戦略爆撃機）というすこし小型の爆撃機もＰ51（戦闘機）やＰ38という長距離戦闘機まで本土空襲ができるというのだから心配である。Ｐ51は大体一〇時間の航続時間だそうだから、もし硫黄島からくると、往復六時間を引いても我が国の空に四時間もいることができる。

二月二三日　四八日ぶりの休日　昼食抜きで宿借りと遊ぶ

今日は休みだ。こんな非常時に工場が休むなんてけしからんことではないか、けれど、やはり嬉しい。この工場へ来てから初めての休みなのである。外出できるのである。朝もいつもより早く目をさましてしまった。ひやりとした乾いた空気が今日は晴天だと知らせてくれた。障子も日の出前にしては明るかった。今日はすばらしい天気になるだろうと思うと嬉しくてたまらなかった。昨夜、村上と三木とおれで町を散歩しようと決めてあったのだ。藤巻は特別で家がバスで行けるくらい近い上に、何か特別な事情をでっち上げたらしく帰省を許可された。おれたちはみんな汽車でかなりかかるので帰るわけには行かない。近ごろの交通事情では切符さえ買えるかどうか分からないし、日帰りで行ってあわてて帰るのではつまらないから結局あきらめるよりほかなかった。他の連中もほとんど外出することに落ちついたようである。何といっても難関は帰省の許可を得ることなのだ。

ここへ来てから初めて守衛の前をおおっぴらに通って門の外へ出た。よい日だ。太陽がまぶしかった。空には雲一つなかった。考えてみると、おれがこの工場へ来てから太陽のもとでゆったりと過ごせた日はなかったのだ。おれは今日ほど太陽が暖かいものであり輝いているものであると知ったことはなかった。まるで久しぶりに太陽を発見したような気持ちで日光をあびながらおれたちは町を歩いた。いやさまよったと言ったほうがほんとうだろう。おれは毎日を洞窟のなかですごしてきたのだと初めて思い知らされた。

まず探したのは食べ物屋であるが、この町は一向に店らしきものさえ見つからなかった。歩けば歩くほど、この町はおれの第一印象を裏付けるような淋しい町である。家は確かにほこりをかぶって並んでいる。が、その家はまるで人が住んでいないかのように無意味な静けさに包まれていた。昔風の障子の格子戸と板戸の家の構えがずっと並んでいるが、その戸はめったに開かない。道行く人もほとんどない。たまに向こうから来たな、と見ると我々の仲間である。そして「食う物があったか？」で会話が始まる。物を売る店もない。おれたちは釣り道具でも買って楽しもうと思ったのだが、あきらめるよりほかなかった。店という店、品物という品物が町から姿を消してしまっているのだ。たまたま行き会った友だちからうどん屋を発見したというので、道順を聞いて裏通りへはいってみた。そこは表通りと違ってたまに出会う雑巾がけで木はだを表わしたり、庭箒の跡が残っている掃除の行き届いた家から人の気配がすこし感じられた。目指す家へ行ってみると、どうだ。いつの間にか同級生がいっぱいつめかけて坐る席もない。おまけに、うどんはもう品切れだった。そのとたん、急に空腹を感じたが我慢するより仕方がなかった。実は朝・昼飯分として握り飯を二つもらったのだが、町で何か食べ物を探せばよいというわけで、二食分同時に平らげてしまったのである。おれたちは尚もどこかにさつまいもでも売っていないかと探したが無駄だった。おれたちはしゃくにさわって、その上この町の死んだような家々から逃れるために、海辺へ行くことにした。この店らしい店もない、人の行き来もない町をみていると淋しさに襲われて気が滅入ってしまうのである。

　海辺の家々に破れて使えなくなった網がかけてあったり、舟に使う道具があちらこちらにあったりして、山育ちのおれには一つ一つが珍しかった。そこを通り越して浜へ小道をたどった。浜名湖の水は静かでさざ波がきらきらと青空の下に踊っていた。すき通った水中には名も知らぬ小魚が群れをなしてすいすいと泳いでいた。美しい。貝が時どきすうっと動いた。風になびく草がにぎやかにざわざわと合唱していた。自然のなかには豊かさがあった。おれはその豊かさのなかで町の憂うつさを吹っとばした。人間が死んでいる時にも自然は生きている。しかも自然はそのはつらつとした溢れる命を惜しみなくおれたちにも分けてくれた。あのうどん屋のように品切れだなんて言わずに、自然はだまっておれたちに持てる物を注いでいた。おれたちは皆幸福だった。すべてわずらわしいものから解き放たれて、おれたち三人になってしまったかのように感じた。そこにはおれたちより他に誰もいなかった。「おい、つかまえたぞ」という村上の声におれはとび起きた。あんまり気持ちがよいので横になって草の上に思いきり寝込んでいたのだ。何だと思ったら村上の手に小さな貝が握られていた。「何だ、貝なんか珍しくもない」とおれが言うと、「まあ、もうすこし見ていろ、中から出てくるから」というので注意して見ていると、ひょっこり身分不相応な大きなはさみを先に宿借りが顔を出した。おれにとって宿借りは買うものだということしか頭になかったから、少々びっくりしてしまった。行商のおじさんが洗面器にいれた宿借りを一匹いくら、と売っていたことを思い出した。割り箸位の太さの木で作った巾五センチほどのはしごに宿借りが足をかけているのを珍しく思ったものだ。ほうろう引きの洗面器のなかで歩き回り、衝突しあう動きと音がその異様なずう体と共に珍しかったものだ。そして父にぜひ買ってくれとねだったものだ。その売り物がここにいるというのだ。おれも早速つかまえることにした。配給の大切なズック靴を脱ぐと、これまた配給のズボンをまくり上げ、恐そる恐そる冷たい水のなかに入っていった。思ったより水は冷たくなかった。おれたちの侵入で透き通った水が、煙幕を張ったように足元からにごっていった。しばらくするとおれも五匹とれた。三木が七匹、村上は最多で九匹だった。それを全部砂の上に置いて、動き回るのを楽しんだ。宿借りの奴は砂の上に降ろしてすこし立つと頭を出して無闇やたらと考えもなしに走るのだ。水面の方向を指して行けば歩いてだって自分の命を落とす気づかいはないのに、陸を目指して自分の家を引きずる鈍感なあわて者が多い。しかもおれたちの手が彼等の行く手に待っていて、もとの場所へもどされてしまうのだ。宿借りは「籠の鳥」になったのだ。おれたちの手が触れる度に彼等はパッと硬い貝のなかに身を隠す。彼等はそれで安全だと思っているのだ。いくら自分の体を隠したっておれたちが水のなかに返さない限り宿借りの命は失われてしまうということに彼等は気づきっこないのだ。それにあまり奇妙な姿を人間様の前にさらすと好奇心をかきたてて宿からだされてしまい。好奇心の餌食にされかねないということもとんとお気づきでなく、ひょこひょこ動き回った。それが彼等の精一杯の努力なのだ。生きようとする力なのだと思ったら急にかわいそうになってしまった。いつの間にか日が西へかなり傾いていた。もう帰らなくてはならない。おれの発案で、持って帰ったってしょうがないからと、彼等を元の海へ投げ込んだ。

門限は五時だというから、あの太陽の傾きようではいそがなくてはならない。帰り道、ふとおれたちもあの宿借りのような運命にあるのだという嫌な考えが浮かんだ。何のためにこう帰りを急いでいるのだろう。おれたちは一生懸命働いているのに、外出さえ許可制とは一体どういうことなのだろう。おれたちには自由はない。それをおれは自分で承認してきた。その点で正しい方向も知らずに無意識的に歩き回っていた宿借りとは違う。おれたちは進むべき道を持っている。やはり宿借りとは違うんだ。しかし、相違点を強調すればするほど、おれの心のなかではお前も宿借りではないかという疑問が大きくなるばかりだった。そして今日感じた自由の生気と明るさの魅力がおれの頭のなかで、いつの間にか優勢を占めてしまったことを知った。これは恐ろしい誘惑なのだろうか、それともおれの心の本当の願いなのだろうか。

〔Q〕一ヵ月半も、休みがなかったの？
〔A〕戦争中はそれが当たり前だった。
〔Q〕外出も許可制だったの？
〔A〕そう。家へ帰るにも許可が必要で、私は一回だけ帰りました。それも同郷の田代君が「私たちの栄養補給に必要な果物が我が村にはある」と名案を出し、それが実現したんだ。

三月八日　空襲の被害と助け合い

四日、おれも一五歳になった。

このごろの度重なる空襲で家や家財道具を失った人たちは増加するばかりらしい。これで「銃後」(戦場の後方という意味)という面白くもない言葉とはお別れだ。もう「第一線」(敵と接触する最前線)も何もないのだ。日本国中が戦場になってしまったのだ。戦場とはいえ敵は空から、いつもおれたちとは一定の空気をなかに挟んでの対面だからまだのんびりできる。この点で同盟国たるドイツの人々は大変なことだろう。敵がおれたちの所に上陸してきた時のことを考えるとぞっとずる。地上の戦いは地続きだ、という点でより悲惨なのだ。敵は歩いてでも来る。地面はがっちりしていて動かない。それは戦車をのせ、大砲も小銃も機関銃も、なんでもかでものせて知らん顔をしている。おれたちの逃げ場がなかろうと、おれたちが消えようと地面は我関せずである。この冷酷さに遭遇しないだけ、まだ我々は幸福なのだ。

それにしても、焼け出された人たちの生活は大変である。食器さえなく罹災者はボール紙でご飯をもらったり、焼け残りの細長いコーヒーカップを茶碗代わりにしたり。灰皿で汁をもらっているそうである。そうかと思うと供出運動で各戸から出したものを保管しておいて鍋釜茶碗にもどうやらことかかない人たちもいるようだ。毛布などは購入切符をくれるそうだが、なかなか現物は手にはいらないということだ。切符を出す位なのだから元には無いわけではあるまいし、なぜ出し惜しみするのか分からない。そうかと思うと腹の立つ話だが、東京の某区役所の経済課長とかいう偉い奴が戦災者への応急物資をちょろまかしてしまったそうだ。まったくあきれる奴である。乾パンを約二〇〇〇袋、いわしやみかんの缶詰が約一六〇〇個。のりのびん詰めが約千個という大量の品を自分と自分の部下に分けてしまったというのだ。焼け出されてすべてを失った人たちへの援助物資を横領するとは、何たることだろう。こんなことを知ると、日本人であることが情けなくなってしまう。こんなことをして勝てるのかと言いたくなる。が嬉しい話しもある。新聞から書き抜いておこう。

——地下鉄にて——

車内はほとんど罹災者ばかりだった。話はあの夜の苦しい血のでる体験話ばかりだった。赤ん坊の泣き声に今日ばかりは喧しいとどなる客もなかった。焦げ臭い空気のなかで苦しい血のでる体験談がむしろ淡々と語り合わされるのは不思議なようであった。同じ罹災者同志、同地方へ疎開する罹災者同志の話がはずむ。まるで一〇〇年の知り合いのような親しさである。応急配給の沢庵をもらったとバケツにいれたのを見せると「私はミルクをもらった」と、大切そうに包みを押さえる者もいる。「お乳はたくさん出ますから、これはあなたの赤ちゃんへお譲りしましょう」「それならこの鮭缶を取って下さい」「お互いにこれからうんとがんばりましょうよ」

まだまだ日本人も捨てたものではない。

〔Q〕空襲はすさまじいものだったんだね。

〔A〕私は都市空襲の体験はないけど、毎日のように艦載機の空襲があり、逃げ回ったよ。

〔Q〕どうして空襲を防げなかったの。

〔A〕良い質問だ。B29の飛行高度が高く高射砲の砲弾が届かず、迎え撃つ日本の飛行機の数は圧倒的に少なかった。おまけに優秀な飛行士を特攻隊に回していたから制空権は米軍側の思うままだった。戦争中の指導者が、海外への進出が先で国民を守るのは二の次だった。

三月一一日　石けん・刃物・記章づくり

工場も二ヵ月過ぎると内情がひとりでに分かってくる。おれたちが真面目に考えていたことと現実とは大分違っていて、幻滅ではあるが面白くもあった。毎日の単調さは何かで破らないと、続かないということも身にしみて分かった。学校にいた時には考えられないような現実にぶつかって、おれの考えも広がったと言える。それともゆがんだのか。

工場用の油とか苛性ソーダで、石けん作りが半ば公然と、この焼き入れでおこなわれているのだ。おれは最初けしからんと思った。それからやむを得ないと変わった。今はおれも作ってみたいと思っている。ずいぶん変わったものだ。仕方がない。石けんの配給が全然ないのだから（だが困らない連中も一部にはあるそうだ。非国民め）油にまみれた手を洗う石けんをおれたちで作らなければならないのだ。熱処理の際、冷却用に使う油はふんだんにあるし、苛性ソーダは隣のメッキ工場から油と交換でもらってくるのだ。一度に石油かん一杯ほど作るのだが、半分以上は工場外に持ち運ばれるらしい。工員の言い分だと、上の奴等や軍関係の奴等がうまいことしているんだから、こんなこと位当然だというのである。果たしてそうだろうか。上の奴等はもってのほかだと思うがそれでおれたちがやってもよい、とはまるで小学生の考え方だ。手を洗う石けんは無くては困るのだから止むを得ぬが、運び出すのは問題である。油も熱処理に使うと鉄のさびがまじって汚くなるので、それで作った石けんはさびついた鉄そっくりだった。もっとも新しい油を油槽にドラム缶から追加する時は抜け目なく食糧用にとったり上等の石けん用にとっておくということだ。おれたちも真似てアルマイトの食器などに小型のを作ったりして楽しんだ。上手に作るのはなかなか難しいものである。とに角、石けん不足で大抵の家庭は困っているというのに、わが焼き入れはそこここに石けんの使いっぱなしや、小さいのがごろごろしている。ときどき家ではさぞかし困っているだろうな、と思うとどうかして持っていってあげたいという気持ちになる。これに溺れてしまうと国家の物を自分の物にしてしまうことになるのだ。

焼き入れをした鉄の硬度を確かめる際に、鉄をグラインダーで削る。このグラインダーと熱処理を利用して工員が包丁を作っているのを知ったとき、おれはけしからん奴だと思った。鉄が足りないと言っておれの村では鉄骨の火の見やぐらまで切り倒した。大井川の鉄橋の手すりも切り取られて、鉄まで御奉公という時代に、すこしでもゴマカシて自分の物にするとはひどいと思った。しかし見ているといかにも面白そうなのである。友だちがやり出した。おれはだまって見ていた。次にはもうおれも釣られて遂に作ってしまった。

村では一発でも多く弾丸を作るためにと、貴重だと思った鉄が工場のあちこちにまるで紙屑のようにごろごろしているのだ。何ヵ月も雨ざらしで茶色にさびた鉄は、実感として貴重品ではなくて屑であった。この一つの工場でさえこんなにあるのだから、日本国中では大変な量にのぼるだろう。恐らく供出品の火の見櫓や鉄橋の手すり位はできてしまうだろう。その屑を生かそうと言うのだから、悪いと言えまいというのがナイフ作りの理屈である。それに家の人に勤労動員でこういう物まで作れるようになったと示したかった。とに角、面白かった。グラインダーで自分の好きな形に摩滅して行くのは時間がかかったが、削られてギラギラと光りながら徐々に形ができて行くのは楽しみなものだ。後はお得意の熱処理で硬くするのである。工員のなかには炭素で熱処理をして本物みたいな物を作る人もいたが、こちらは面白半分で、いわば学校の工作の時間の延長みたいなものであった。

　工作と言えば、記章を作ることも一時流行した。誰がやりはじめたかわからないが、鉛をとかして型に流し込んで作るのである、初めは鉛を見つけるのに苦労したが、必要は発見の母で、鉛のある場所をおれたちは見つけてしまった。グラインダーの盤の中心部に鉛が使われていて、使い果たしたのを外に持ち出してコンクリートの床めがけて力一杯ぶっつけて割り、鉛の部分を取り出した。型は耐火煉瓦を持ち出して、それに彫るのである。

〔Q〕戦争中は、一般の家庭でも鉄や銅の製品を提供したの？

〔A〕そうだよ。もともと日本は地下資源が乏しい国だから。武器の材料も不足していたんだ。そこで家庭にあるものまで供出させたわけだ。君たちのひい爺さんは大昔の銅製の鏡を何枚か持っていましたが供出した。いまテレビで「開運なんでも鑑定団」に出せるような古い品物まで出したよ。

三月一三日　新聞報道に疑問を持つ

昨日の朝は起きぬけに警戒警報ときた。そのうち空襲警報となった。B公は四機で来たが爆撃はしなかった。偵察目的らしい。新聞によると、名古屋は真夜中の○時から三時間余も空襲されたそうだ。大変なことだろう。何百機以上も来てめちゃくちゃな盲爆ぶりを発揮して恐れ多くも熱田神宮がやられたということである。

どうもこのごろ盲爆という言葉が気になってきた。ほんとにめくら滅法に爆撃したのなら、ほとんど命中しないではないか。はずれた時は海や山のなかに、ごっそり爆弾が落ちる筈である。が、そんな話は聞かない。しかも現実は夜でも雨でも空襲されている。下は肉眼で見えない時でさえ方向を間違えずに飛んで来て爆撃して行くではないか。これはアメリカの奴め、金にあかして発明した優秀な機械設備があるに違いないのだ。都市ばかりではない、一月には伊勢大神宮、二月には宮城、そして今度熱田神宮がやられていることは単なる偶然ではない。敵は一万メートルの高空から正確にねらっているということだ。それをいつまで新聞の奴め、盲爆と書き続ける気なんだろう。あまり同じ調子でやられると益々疑いたくなってくる。

それにしても、どうして人もろくにいないような神宮なんかをねらうのだろう。我々日本人の崇拝するものに対する侮辱としか考えられない。信仰の自由を求め、故国イギリスを離れてアメリカに渡った清教徒の子孫が異国の信仰の自由を否定しようとしている。「お前たちの拝んでいるものは、このように燃えてしまうのだぞ」と言って笑っているのだろう。無神経なアメリカめ。それがどんなにか我が国を怒らし、敵愾心となってはね返って行くのか分からぬのか。

この相手の国の心情を理解していないのが、植民地を持つ国々に共通した弱点だ。そのため彼等は必ず反抗を受けるのだ。

〔Q〕新聞の報道に疑問を感じたのはそのころから？

〔A〕そう、やっと気づき始めたんだ。「盲爆」が事実と違うと分かったのさ。もっともこの新聞の頼りなさは、実は、国家が言論を取り締まったからだというのは、戦後になって初めて知った。一九四〇年一二月にできた内閣情報局という軍人を幹部とした強力な取り締まり機関が猛威をふるったんだ。雑誌が強制的に廃刊されたり、書かせていけない禁止人物リストを作成。学者の本を発売禁止にしたり、検閲した。

政府の政策に批判的な学者を国立大学から追放するなど。うむをいわさぬ徹底した言論統制がおこなわれた。

三月一四日　アジア諸国の独立

今日の新聞の片隅にカンボジアも独立宣言とあった。こんな大切なことがあまりにも小さな記事とは少々憤慨。新聞記者は時局をどのくらい認識しているのか疑われる。なぜこの戦争を始めたのか考えて見てもわかる筈だ。米英の東洋支配のもとにあって、搾取されて苦しんだ人々を解放するためではないか。だからこそ大東亜戦争が始まって以来、フィリッピンが敢然として米国に宣戦を布告したし、ビルマも一年ばかり前に独立している。インドにも独立の動きが活発だし、三月一一日には安南国が誕生し、一三日にはカンボジア国ができあがったのだ。宣言文は次の通り。

一、仏カンボジア間に締結せられたる保護条約並に協定は本声明書署名の日より無効とす。

二、従ってカンボジア王国は今日より独立国たるものとす。

三、全クメール国民はこの重大事実を認識し大東亜共栄圏建設のため日本と全幅の協力をなしカンボジアの繁栄をはかるべし。

安南の場合も同じように仏安南保護条約の廃棄となっていた。そんな条約がかわされていたのをおれは初めて知った。なるほど、おれたちが考えていたように「お前手下になれ」なんて露骨な方法で今はやっていないのだ。先進国と言われる国々は、実に巧妙に条約なんてものをデッチあげている。保護条約とはまったく人を馬鹿にした名前の条約である。フランスが安南やカンボジアを子ども扱いにして保護してやるというのだ。いくら小さくても、たとえ遅れているにしても、一国をつかまえて「保護してやる」という厚かましさにはあきれてしまう。東洋の民族なんか一人前の人間として扱っていない。こういう根性だから保護といっても実は名目だけで自分達の利益のための手段に利用しているのだ。こういう植民地政策は徹底的にやっつける必要がある。しかも東洋でいまだ植民地化されないのは我が国ばかりではないか。支那は図体ばかりは大きいけれど、阿片戦争以来、香港は英国にとられちゃったし、各港は西欧の強国に九十九か年という名目だけの借入で土地をとられて玄関に坐りこまれたという形だし、フィリッピンは米国の領土となり、仏印はフランスに、ビルマとインドはイギリスに、マレーの諸島はイギリスやオランダにとられてしまった。ところが我が日本が東洋において一人着々と実力をつけてくるやいなや、米英とくに英国は日露戦争の時は日英同盟など結んで日本をロシヤにけしかけたくせに、今度は新興成金の米国をけしかけて日本をあの手この手でやっつけようとした。まったく古狸の英国め。そして我が国が怒って戦いを始めて以来続々と外国の支配から逃れて独立する国ができたのである。小さな国でも構わない。この国々の前途を祝ってやろう。その国の人々が未開でも構わない。それは彼らのせいではなくて植民地の愚民政策の結果なのである。アジアの人々が今や目覚めつつあるのだ。自分の力を自覚し始めてきたのだ。奴隷の生活から立ちあがろうとしているのだ。長い間の搾取はおわろうとしている。アジアの国々の独立万才。手に手を取ってアジアの虐げられた国々の清らかさを世界に示そう。

〔Q〕太平洋戦争の目的は正しかったの?
〔A〕日本は言っていることと、やったことは大違いだった。日本は朝鮮や台湾や南洋群島を植民地と化し、中国で一〇〇〇万人もの人々を犠牲にしたという。

三月二二日　硫黄島陥落、しかし

硫黄島、遂に失陥。一七日夜、最高指揮官陣頭にたって壮烈なる最後の総攻撃に散っていったというのである。皇軍はほんとによくがんばった。僅か二一・三平方キロメートルにすぎぬ島にアメリカ軍は連続七〇日の爆撃をしてから八百余隻の船で三個師団の兵力と九〇〇〇の戦車を上陸させてたというのである。海空より数万トンの鉄をぶちこみ、島の形が変わってしまったという。あらゆるものが吹飛ばされてしまっただろう、米国とはこういう悪どいことを平気でやれる国なんだ、首相は演説で「硫黄島の戦闘は一見精神力に対する物量の勝利の如く見えるが、私はむしろ極限まで発揮された精神力が如何に偉大であるかを立証した英雄的抗戦であると信ずる」と言った。ほんとうにそうだと思う。大した装備もなかった皇軍が一ヵ月も猛爆撃猛攻撃に持ちこたえたことが雄弁に物語っている。これが米軍だったら彼らのいつもの手でかなわないと見るやいなや白旗を掲げるだろう。しかし大和魂は違うのだ。死ぬまで戦うのだ。死ぬ時も無駄には死なぬのだ。突撃的精神でやっつけるのだ。これが物資に恵まれぬおれたちの武器なのだ。また演説の言葉を借用すれば「一人一人の英雄的奮戦ぶりは世界歴史においても永遠に記録される血闘であり、日本精神の極致を発揮した」ものなのだ。木口小平は死んでもラッパを離さなかったではないか。爆弾三勇士は自分で弾丸を抱いて敵陣にとびこんでいった。特攻隊はどうだ。彼等が弾丸なのだ。敵の奴らはこの特攻隊にはキモをつぶしているそうだ。そうだろう。彼等の物資に汚された汚い頭では天皇のために自分の生命を惜しまない大和魂はわかりっこないのだ。確かにこれこそ彼我をわける境界なのだ。そしてこれがこの戦争を勝利に導いてくれるだろう。我が国は有史以来負けたことはないのだ。それは大和魂があるからだ。かなり前、新聞で読み胸を打たれたこういう話がある。

南洋の基地からとびたった我が若鷲が敵に甚大の損害を与えて帰途、敵の高射砲のためかエンジンに被弾し、みるみるうちに友軍から落ちていった。もうもうと煙を吐く愛機のなかから我が勇士は別れの手を振り、弁当のサンドウィッチを悠然と食い、風防ガラスをあけ、座席の上に立ったそうだ。次いで彼は服装を正し、遠く天皇のいます宮城の彼方に端然たる挙手の礼を行ってから、愛機を下向けに敵兵舎らしきものに真一文字にとびついて行ったそうである。これこそ英雄である。たとえ攻撃したところが豚小屋であっても犬小屋であってもかまわない。ただでは死なぬというその態度、しかも死の直前に宮城を拝していったという精神、それこそ尊いものなのである。人生のなかで最も厳かな場面である死の直前、私的な父母だとか妻子だとか泥くさいことを思い浮かべず、天皇陛下を思ったということ、まさにここに日本精神の清らかさと広大さが存在するのである。

それにしても「たとえ不毛の一小島であっても神州不侵の鉄則に傷をつけられた」のであるから、まったく憎き米国である。「大日本帝国の一角が敵の泥靴にじゅうりん」されてしまったのである。おれたちも覚悟をきめて飛行機の増産にまい進しよう。この硫黄島が敵の航空前進基地になると本土への空襲は一層激化されるだろう。いやその上、本土上陸の可能性さえあるということだ。どえらいことになってきたものだ。

一八日には学徒総動員が決まったそうだ。今や国民学校の初等科を除いて、あらゆる学校は授業を停止され、向こう一ヵ年食糧や兵器の増産と防衛のために尽すことになったのだ。あたり前のことだ。今ごろ勉強もへちまもない。鬼畜米英をやっつけなくてはならないのだ。

〔Q〕「日本精神の極致」の例となった爆弾三勇士ってどういう人たち？

〔A〕この軍国美談こそ戦機高揚のための作り話だった。

「実は導火線の長さをまちがえたために生じた三工兵の事故死を、謀略にたけた田中隆吉が爆薬をいだいて肉弾散華した『美談』につくりあげたものである」（家永三郎著『太平洋戦争』岩波書店一九六八年）

三月三〇日　焼きいも作りで負傷

昨夜は思わぬことで負傷をしてしまった。かなりの傷とみえて二針縫ったが局部麻酔をやるのでもなくズブリとやられて痛い目にあった。びっこを引き引き、今日も工場へ出て公然と休まなかったのは、負傷の原因があまり名誉なことでなかったからである。実は焼きいもを作ろうとしてやられた傷である。夜勤では電気炉の出し入れもなく、硬度試験の材料もなくなることが、しばしばあった。そういう時は炉の下へむしろを持って行って、上から温めながら寝るか、例の石けん作りや工作をやるか、または焼きいもか、と大ていきまっていた。そのなかでも材料さえはいれば最も実用的で最も価値あるものは焼きいもであった。また、実にうまく焼けるのである。炉の上は耐火れんがを細かくくだいたのが敷きつめてあるのだが、そのなかへいもを埋めておくのだ。時間はうんとかかるが、こげることもなくほくほくに焼けるのだ。昨日も藤巻が田舎へ帰って持ち帰ったいもをわけてくれたので、焼こうと思ったとたん、やられてしまったのだ。しかも、しゃくにさわることに炉はすこしも悪くないのだ。おれの方から突きささっていったのだから怒れもしない。

腹が立つよりあきれてしまった。こわれかかったみかん箱をふみ台にしたのがいけなかったのだ。それに一番突出部が多い炉の背後から試みたものだから尚更悪かった。下手をして感電でもしていたら、今ごろ焼きいもどころではなくて、おれが焼き人になる所だった。

流れ出る血をふきふき傷口をおさえながら村上についてもらってすぐ診療所へ行った。右ひざの上部の肉が、血がぬぐわれた後に、傷口がひょっこり現れ、電燈のもとではっきり見たとたん、痛いと思った。医者はいとも簡単に「縫わなくちゃだめだ」といった時、おれは正直の所ゾッとした。布を縫うように針でやられたんではたまらないというのと、そんなに大怪我なのかと自分自身で驚いたのだ。実際の所、深かったけど小さな傷で、すこし痛いぐらいで済んでしまった。硬くほうたいを巻かれたので歩きにくくて、それがいかにもお前は負傷したのだぞと物語っているみたいで感じが悪い。

後学のためにと思って注意して処置を見た。針は半円形で三センチ位のもので、その先端に糸がついており、逆の端が手で握るに都合がよい丸い鉄の棒に固定されていた。そして一針ごとに結んだ。怪我の理由をいつ聞かれたら何と答えようかと心配だったが、遂に聞かれなくてほっとした。

四月五日　三ヵ月ぶりに母と面会

今日は思いがけない良い日だった。朝、面会人だというので誰だと思って行ってみると母ではないか。丁度三ヵ月ぶりの対面というわけである。仕事の方は友だちに任せて、久しぶりに家の様子をいろいろと聞いた。だだっ広い運動場の片隅で春の日をのどかに浴びながら話をしていると、なんだか母と二人で遠足に来たような感じがした。

汽車の混雑は相変らず物すごかったそうである。出入口からの出入りは、荷物と人でふさがってしまうので、乗った時から降りる時のことを考えておかないと降りることもできないそうである。汽車の窓から出入りする連中もあるそうだ。切符を買うことからして大変だったろうに、その上混雑で疲れたことだろう。おまけに大きな茶袋に一ぱい大好物のおもちを持って来てくれた。正月のおもちをろくに食べなかったからと、月遅れの桃の節句用についた草もちをどっさり持って来てくれたのである。これは二重の意味で嬉しかった。いつも帰省する友だちにさつまいもなどもらってばかりいて肩身が狭かったが、これでお返しができるわけだ。それにおれは餅が大好物で正月にこちらへ来た時もそれだけが心残りだった。おまけにあのよもぎをうんと突きこんだ濃緑色の自家製草もちの香りと独特な味は格別である。それにしても我が家の余裕ある生活は懐かしくなる。毎日丼めしで腹八分目、副食はこっちの好き嫌いなどおかまいなしの献立がうらめしいと思った。

四月五日　三ヵ月ぶりに母と面会

会ったばかりに足をどうしたのかと聞かれてドキッとした。一週間もたつのに少々びっこをひいていたとみえる。ズボンをめくって「もう大丈夫。痛くないし、傷口もふさがっているけど、化のうしては損だから大事をとっている。心配はいらない」と言っておいたが母の顔はどうも心配そうだった。まずい時に負傷したものだ。それにまさか焼きいもで怪我したとも言えないので何とかかんとかごまかしてしまった。

母の話によると、妹も学校で勉強をろくにしないのだそうだ。相変らず学校指定のリュックサックみたいな藍色の手製かばんを背負って、片道五〇分もかかる所を鍛錬だと言って行きも帰りも歩くそうである。自転車に乗ってはいけない、という学校のお達しなのだそうだ。あきれた話である。たとえ自転車があっても、しまっておいて歩くなんて馬鹿げていると思った。おれはこの工場へ来て勉強から逃れるのを喜んだが、妹たちが勉強せずに防火用水の池を掘ったり防空ごうを作っていると聞くとなんだかかわいそうになった。妹はおれより二つ年下だから満で一三だ。父母が苦しい家計のなかから学資をさいて妹を高等女学校にやったら土方仕事か、いくら非常時とはいえ何だか変だと思わざるを得ない。何か彼女等にふさわしい仕事があるのではないか、どうして小さい女の子まで使うのか、と思う。動き回るのに米の配給は少なくてとても足りず、まるで豆粕のなかに米がはいっているような御飯で、やせて顔色も悪くなってしまった、ということだ。かわいそうに。それに比べるとおれの顔色はよいので安心したそうだ。そう言えば、豆のはいった御飯は食べるが、まだ豆かすのはいったのは食わない。豆かすは前には肥料や飼料用だろう。それを人間様が食う世の中になってしまったのか。食糧の配給はどうも一般家庭より軍需工場というのでおれたちの方がよいと見える。するとおれたちよりもっとぜい沢にしている奴がいる工員のうわさ話も、うそではなさそうだ。どうして同じ国民でありながら差をつけるのだろうと不思議に思った。

おやじも元気だとのこと安心した。例の如く弁当をぶらさげて、隣り町の工場へ働きにいってるそうだ。小さくとも一商店の主人だったのに、統制のために個人営業ができなくなり、月給取りに変えられてしまったのだ。その上、給料は低く店をやっていた時とは収入が全然違うようだが、まあどうやらやっていけそうだ。しかし統制になってから大いに金をもうけた連中もいるそうである。統制で物資が自由にならぬから、みんな、物が欲しい。その弱味につけこんで秘かに統制物資を横流しやみ値で売りとばすのだそうである。まったくけしからん奴共だ。そういう者共にとっては統制さまさまだし、戦争さまさまなのだ。

四月五日　三ヵ月ぶりに母と面会

〔Q〕三ヵ月も家へ帰らなかったの？

〔A〕そう。七ヵ月半の勤労動員中、家へ帰ったのは一回だけ。

〔Q〕統制経済って何？

〔A〕戦争になって経済のすべてが武器生産中心となった。自由な経済活動は許されず、国民の必需品もすべて配給制になったんだ。切符で食料品や衣料を入手するわけだが、どうしても不足がち、そこで闇で入手することになる。

四月七日　敵の機銃掃射で逃げ回る

今日昼ごろ、ノースアメリカンP51戦闘機の攻撃を受けた。おっそろしく早い奴で空襲警報になったかならない内にヒューンと来た。ものすごい低空飛行である。次いでダダダダと機銃掃射だ。タンタンタンと工場の屋根に弾丸がはね返る音がする。まったく驚いた。昨夜は夜勤だから寝ていたのだ。警戒警報は知っていたけどいつもの例で、せいぜい浜松がB29にねらわれる位で我関せずと、ふとんにもぐっていたのだ。ところがP公の奴め、おれたちまで襲うとは、機銃掃射を受けた時、おれもこの世の終わりかと思ったが、あの金属性の鋭いキューンという爆音が頭を越えて去った時、助かったと思った。それから、ふとんをけとばして、ほんとに一目散で土堤下の最近掘ったばかりの防空壕にとびこんだ。防空壕のご厄介になるとは今日まで思いもよらなかったおれだが、入ったとたん安心した。同時にこんな所へ逃げこむなんて臆病で男らしくもないという気持もあった。その後P51は何機か入れ替わり立ち替わり工場附近をねらって不気味な連続音を発射していった。その度におれは防空壕の土の厚さが気になり、この位で弾丸は防げるのかなあ、もっと土を

四月七日　敵の機銃掃射で逃げ回る

もってくれないかなあ、とかとびら位つけたらどうだろうとか考えた。それからどうして友軍機が出て、このあばれん坊のＰ公をやっつけてくれないのか不思議でならなかった。

そう言えば、二、三日前にＢ29が真夜中に数十機来襲して爆弾や焼夷弾を落としたのだが、その後一向に敵機撃墜の記事が出ないのである。今までの例だと空襲の翌日には必ず何機撃墜という記事と飛行兵の手柄話が掲載されていたのだ。おれはそれが楽しみだった。いかに我が兵隊が優秀な技術を持っているか、どんなに我が飛行機がすぐれているかを知ることは喜びだった。Ｂ29も恐るるに足らずと思ってきた。しかし今度は手柄話がいつ出るか、いつ出るかと、もう二、三日も待っているのに出ない。おれはがっかりしてしまった。それに今日の空襲はどうだ。おれたちがふとんをかぶりながら悠然と空中戦をスポーツのように見ていれたのは、ついこないだのことではなかったか。確かにその時とは彼我の状勢が違って来ているのだ。一日だか二日には遂に沖縄に敵が上陸したことが報じられた。今や硫黄島どこの騒ぎではなくなったことが軍事にはからっきし素人のおれでも分かる。沖縄作戦に敵は空海の全力を注ぎこんでいるといわれる。なぜか。沖縄こそ我が南方作戦の根拠地であると共に、立派な飛行場・港を持った本国の最南端を守る城門なのだ。その沖縄にまで敵の手が伸びてきたことは、いよいよこの大東亜戦争を我が国の攻勢から守勢への転換の痛ましさを物語っている。時局はいよいよ切迫してきた。さあ、覚悟を新たにしよう。

〔Q〕「大東亜戦争」とは何?

〔A〕戦争中、日本では太平洋戦争をそう呼んでいた。当時ヨーロッパや米国はアジア諸国を植民地にしていた。それに日本が主導して反対、大東亜を作ろうと、大東亜省まで新設したんだ。

しかし実際は「非人道的な軍政支配や物資の収奪により現地の経済は破綻……現地の人々の生活は困窮し、反日気運が高まった」(『角川新版日本史辞典』角川書店一九九七年)

四月一四日　アメリカ嫌いの理由

ルーズヴェルトが死んだ。いい気味だ。副大統領のトルーマンとかいう奴が昇格して今度の大統領になるのだそうだ。米国では今ごろあわてているだろう。我が国にとってはまさに天佑だ。頭を失った米国はいくら物のある国だって指導者がなくなったのだから使いようを知らず困るに違いない。戦いは我々に有利になってきた。全くありがたい話である。

それにしてもよく異民族の烏合の衆である米国がここまで戦いを続けられたものだ。イギリス系あり北欧系あり、フランス系、中国系、日本系、黒人系と世界の雑多な民族がそれぞれ利益を求めて集った雑炊の国がこれほど長続きして戦かえるとはどうしても思えなかった。おれたちはその内に米国の内部で各民族が分裂するだろうと期待した。しかしどうもこの推察は誤っていたようである。我が日本のように純粋で強固でないにしろ彼等なりの愛国心のあることがわかった。また米国は自由の国で志願兵制度だから兵隊のなり手さえないだろう、今に兵隊がなくなって戦えなくなるだろうという憶測もあったがそれもはずれた。どうもおれたちのアメリカの見方は大分誤っていたようだ。

だが、おれが米国ぎらいだというのには確実な基礎がある。第一に、日本人の移民を法律で禁止したとはなんだ。世界のどの国からの移民も許可しないというのなら、まだ話がわかるがなぜ日本人だけを禁止したのか。もちろん行った人たちのなかに悪い奴がいるというのもわかる。それは日本人ばかりではあるまい。外国へ行って一旗あげようというのは共通な筈である。また日本人は米国でもうけて一財産できると、ごっそり持って日本に帰ってしまうから嫌われると言う。骨を埋める気で行かないから悪いのだと聞く。果してそうだろうか。そういう例もあるだろう。ほとんどの人は立身出世を夢みて故国を離れるだろう。そして勤勉と工夫と運で財を成してから帰国したとしても、それが悪いと言えるだろうか。カリフォルニヤの原野が勤勉な日本人の手で立派な耕地に変わっているという。それは米国に寄与したことになるのではないか。その報酬を持ち帰ってなぜ悪い？　これはおれの想像だが要するに米国の白人共は日本人が恐ろしくなってきたのである。白の国だと思ったのが黒が混入し始め、黄色の勢力が刻々と増してきて、しかも黒と違って黄色は才能が優秀なので白があわてだしたのだ。その対策が移民禁止法となったのだ。これはまさしく人種的偏見だ。白人の民族が協力しあったように黒や黄色もなぜ手を結べないのか。色が違うから人間も違うと考えるのか。牛や馬と同じように人間を売買した国は正義の名において罰せられなければならぬ。それをこの島国日本が今やっているのだ。

四月一四日　アメリカ嫌いの理由

第二の嫌いな理由は日本を村八分にしたということだ。一方的な米国側からの日米通商条約破棄だ。我が国の資源に恵まれぬのをこれ幸いと、米国ではありあまる石油も屑の鉄でさえ売ってくれないのだ。米国としてはそういう戦争の準備になる資源を我が国に売らなければ、戦争をしたいにもできぬから平和が保たれると考えたのだろう。しかし我が国にとっては死活問題だった。石油不足で自動車がたきぎを燃やして後の煙突から煙を吐きながら走っているのもそのためだ。鉄の日常用品がぐんと減り、鉄が我々の周辺から没収されるのもそのためだ。我が国では戦争のためでなく生活を維持するために必要だった石油や鉄を売ってくれなかったことが、かえって戦争突入の決心をおれたちに与えたのだ。だから開戦するかいなやマレー半島を襲い、次いでボルネオやスマトラという資源の豊富な所を占領した。売ってくれないからとったのだ。

四月一八日　油タンク燃え出す

今日はびっくりした。油槽のなかへ真赤にやけたシリンダーをぽかんぽかん投げこんでいる内に、いつしか発火点に達してしてしまい油が燃えだしてしまった。きっといつもより数が多かったに違いない。ぐらぐらとふっとうする油が、高い天井をなめるがごとく真赤な舌を出した。おれたちは驚きと好奇心でわーっと声を上げた。おれは一瞬はっとした。何か恐ろしい結果になるのではないかと、次の瞬間に周囲はコンクリートとトタン屋根で燃えつくものがないのを冷静に認めるや否や、ゆとりが出てきて楽しむことにきめた。真赤な炎から煙がもうもうと立ち上がり、その焼けたにおいが工場中に満ちた。組長さんはさすがで少々あわてながらも「石綿の板を持ってこい」とどなった。非常用に備えてあった畳一畳敷きぐらいの石綿の板を何人かが運んできた。横からさっと二、三枚ふせたら至極簡単に火は消えてしまった。あっけなかった。もっと燃えたらさぞかし面白かったろうに。

四月二四日　大東亜大使会議開かれる

第一回の大東亜大使会議が開かれた。その声明の七大指導原則とは次の通り。
一、政治平等、人種的差別の撤廃
二、独立国家尊重並びに内政不干渉
三、植民地的民族の解放
四、経済平等
五、文化交流
六、侵略防止
七、大国専制の排除並に画一的世界平和機構打破
いよいよアジアの国々が世界の舞台へ出ようとしているのだ。活躍し始めたのだ。参加した国は満州国、中華民国、ビルマ、泰国、フィリッピンで、カンボジア、安南は出ていない。ちょっと気になる。声明の内容はすぐれている。ヨーロッパでは問題にならない内容がアジアでは死活問題なのである。アジアの国々は長い植民地生活からの解放を願い、

人種的差別に憤りを感じている。その表現がこの宣言である。しかし、どうもわからない所がある。二つめの独立国家尊重とは情けない言葉だが、尊重されない事実があり、七つの大国専制と表裏の関係として分かるが、内政不干渉とはどういうことを言うのか。日記だから書けるのだが、例えば我が国が満州を独立させたのは支那の内政干渉にならないのだろうか、満州国は他のビルマ、フィリッピン、カンボジアなどと違って植民地ではなかった。歴史的にも支那のものである。その満州を独立させてしまったことは、考えてみるとアジア解放の担い手としては問題があると言わざるをえない。だからこの内政不干渉という言葉がいやに空虚に響くのである。

四の経済平等とは何だろう。金持ちの国も貧乏な国も同じように扱えということだろうが、我が国内においてさえこれは未解決の問題である。それを世界に訴えようとしても無理ではないか。さらに分からないのは七である。画一的世界平和機構がなぜ悪いのか。国際連盟のことを指していると思うが、確かにあれは失敗だったにしても理由は画一的だったわけではあるまい。国際連盟の場合、発起人たる世界の実力者のアメリカが参加しなかったのが間違いだった。だから参加するのも、やめるのも自由な筈だと、我が国やドイツが相次いで脱退してしまい、話し合いでだめなら腕力でこいということになってしまった。こう見てくると、この宣言は内容において非常にすぐれた面と疑わしい面を持っていることに気付く。どうしてこうなったのだろうか。あまりにも理想が高く現実と食い違ってしまったのだろうか。それなら現実は理想の一部分として位置づけられるのに、満州国の例にみられるように植民地支配を非難する我が国が植民地を作ったことになり、事実と違ってきている。言うことと行動が違うのは、どちらかがウソなのだ。この大東亜戦争はアジアの人々の念願である植民からの解放が目的なのか、それとも我が国が思うままにアジアの諸国を手下にしたいからか、ああ、おれは分からなくなってきた。どちらが本当なのか。

〔Q〕植民地解放か植民地化か、どっちが本当なの？

〔A〕両方とも本当だと思う。欧米のアジア植民地化は事実なのだから。解放したいのはアジアの一員としての日本の本音。ところが実際は。朝鮮や台湾を植民地にし、満州国の政治は、日本人官吏がにぎっているという、半独立国だった。

五月二日　空襲の被害、勉強の重要性

一昨日の昼ごろの空襲で浜松は相当にやられたらしい。Ｂ29が五〇機も来て一時間に亘り市内を爆撃したそうだ。Ｂ29の高度約五〇〇〇メートルというから今までにない低空飛行である。午後二時ごろ鎮火というから、またかなり焼かれたことだろう。それにしても浜松はよくねらわれる。おかげで動員前に親類に預けておいた辞書類や工作道具は焼失してしまった。中田のも一緒においたので灰になってしまった。おれのは仕方ないにしても、あの広辞林を初めとする部厚い中田の兄譲りの貴重な辞書類が燃えてしまったのは悪いような気がした。学校の大八車を借りて浜松の市内を下宿屋から運んだことを思い出す。あの車はいやにガラガラと大きな音がするので体裁が悪かった。その上、荷物は軽いのだが油の足りぬ車が重く坂を登る時には、二人共一二月というのに汗をながしたものだ。あの苦労が無に帰してしまったのだ。いまいましいＢ29め。

しかし、おれにとって一番残念だったのは親友の荒川の本が何百冊も焼けてしまったことだ。彼の話だと、彼の兄が本好きで浜松の家には文庫本が買い集めてあったそうである。

荒川が動員の際四、五冊持ってきて、それがおれの手に入る本の全部だったのだ。おれがいくら本好きでも家にある落語や駒吉じいさんの読み古しの猿飛佐助では持ってくる気がしなかったからである。その荒川の持って来た本も二度読みたい内容でなく、ここへ来て一週間ぐらいで読み終えてしまった。そして、ぜひ帰省の折に幾冊でもいいから持ってきてくれと頼んで、その帰省の機会を待っている内に、全部爆弾で灰になったという兄さんから通知があったのだ。まったくがっかりしてしまった。学校にいるころは図書館の本を利用してきたのだが……。

工場で働いている時はさほどでもないが、非番の時の退屈さときたらない。読む者は新聞さえ井上さんの辨当の包みをあてにしなければならぬ。本もない。遊び道具は何にもない。運動場には高鉄棒がつっ立っているきりだ。仕方がないから寝ている。寝ているといろいろなことが浮かんでくる。最も恐ろしいのは、このおれたちの生活はどんな意味があるのかと疑う時だ。おれたちは飛行機の部品を作っている。そして確かにこの工場へ来たころにはB29にむかう勇ましい友軍機やグラマンにむかう我が戦闘機の奮戦を見ておれたち努力のし甲斐があると喜んだ。しかし今はどうだろう。空襲されっぱなしである。我が軍の飛行機は一体どこへいったのだろう。硫黄島はとられた。沖縄にまで敵が上陸した。戦地では「飛行機がない。飛行機を送れ」と言っている。そして戦地には飛行機があるのも分かる。しかし内地にはほとんどない。そしてB公にぶんなぐられているのを見ているだけなのだ。

一軒の家がある。垣根のほうには勇ましい男たちがいてぶんなぐられながらも応戦している。家のなかには子どもや老人や女たちがたてこもっていて、時どきはいりこんでくる敵の男たちにやられっぱなしなのである。おれは怒ってきた。何を守ろうとしてこの戦争を始めたのだ。日本の国である。国とは何か。人々だ。ではなぜ家を焼かれ罪なき人々が殺されなければならぬのか。戦争だからか。では戦争だから何でもかでも仕方がない、と言ってよいのだろうか。米国を見ると、この点では敵ながらあっぱれだ。日本軍が米国をちょっとのぞくことができたのは真珠湾だけではないか。しかも奇襲作戦という美名のやみ打ちでやったので自慢のできる話しではない。今にして思えば、我が軍が勝利勝利と言っていたのは、南洋の言わば米国とは関係もない所でドタバタやったにすぎないのだ。日本に資源補給ができる以外に何の不安も米国にはなかったろう。そして今やこちらが守勢に変わったとたんB29の本土空襲の基地であるサイパンでさえとられてしまったではないか。そしてさらに本土に近い硫黄島をやられてしまってP51さえやってきた。それ以来、我が国のどこかが毎日のように火の海と化し、人々がバタバタと殺傷されていくのだ。おれたちは毎日すきっ腹を抱えながら、いつ空襲があるのかとビクビク生活しなければならなくなってしまった。こんなことは口に出しては言えないが、この戦は負けいくさに違いない。恐ろしいことだ。おれたちは何のために働いているのだろう？

　日増しに、おれは馬鹿になって行くのを感じる。おれがここで学んだことは何だろう。鉄を硬くする方法、その検査法、石けん作り、ナイフ作り……これが四ヵ月に学んだことの集計なのか。何たることだ。おれは最初学校から逃亡できたことが嬉しかった。しかしそれがもたらしたものは学校生活以上の退屈さと空虚さではなかったか。学校生活以上の無意味さではなかったのか。

　それに比べてうらやましいのは工業専門学校の人たちだ。彼等は専門の知識を実践で裏付けできる知識が役立っている。彼等の定規や製図用具を持って歩いている姿を見ると、つくづく学問の力を感じる。あの人たちはこの工場ではなくてはならない人たちだ。しかしおれたちはどうだろう。おれたちの代わりに誰を連れてきたって一〇分も説明を聞けば、たちまちのうちにおれたちの仕事は勤まるだろう。工専の人たちは何年かの知識の堆積と修業の内に学んできたものだ。一朝一夕にデッチ上げられない専門の知識がいかに尊いものであるかを、油まみれで不平たらたらのおれたちと、机に向かって楽しんで仕事ができる彼等との比較で知った。しかも日々彼等とおれたちの差はますます広げられるばかりなのだ。彼等は日々学んでいく。おれたちは日々忘れていく。

〔Q〕浜松市は空襲でずい分やられたの？

〔A〕七割以上が焼失したよ。同じ七割組は甲府と日立市。約六割の焼失は、京浜・阪神・中京地区だった。（林茂著『太平洋戦争』中央公論社一九六七年）

〔Q〕勉強の重要さを確認したんですね。

〔A〕日夜働いてみて、知識や科学技術の大切さに、やっと気づいたんだ。それが自分を生かし社会に、いや世界に貢献するにつながるとね。

五月五日　労働災害は誰の責任か

むし暑い日だった。こういう日になると焼き入れという職場が憎らしくなる。勝手なものだ。冬のころは、おれたちの焼き入れみたいに良い所はないと思ったのだが、近ごろでは太陽の暑さの上に炉の暑さが加わるのだからたまったものではない。特に炉から真赤な鉄を取り出す時など、流れる汗でシャツがぐっしょりぬれてしまうので、上半身は裸でやることにしている。暑くなると気分的にもだらけるせいか。このごろ事故が多い。気をつけなくてはならない。命あっての物種だ。漢文でならった「身体髪膚これを父母に受く、あえて毀傷せざるは孝の始めなり」という孝経の言葉は本当だと思う。ただ孝行だというからでなく、痛い目にあうのはもうこりごりした。今でも右膝の上の傷跡を時どき思い出す。縫われる時の痛さなど、もうごめんだ。

大里の奴が今日大火傷をしてしまった。あいつはいつも敏しょうな方なのだがどうしたことだろう。右足をももの方までぐらぐらと煮えくり立った油槽のなかまで突っこんでしまったのだ。右足だけでよかった。ほんとうによかった。もし全体が一瞬にせよあの真火なシリンダーをほうりこまれて煮え立っている油のなかにはいったら命はなかったであろう。まったくよかった。それでも全治するのに一ヵ月はかかるという先生の話だった。この事故は確かに大里の過失である。組長さんなどから何度も注意されているのに気を付けなかったからだ。鉄板製の油槽のふちがコンクリートの床より三〇センチは高く、そのふちへ足を必ずのせるな、という注意だ。特に油槽は油でヌラヌラしてふちは滑りやすい。しかし大里の過失だけで済まされる問題ではないと思う。というのは、おれもやってみて感じたのだが、おれたちの力ではシリンダーとかクランクという重いのになると、どうしても足をふちへでも掛けてふんばりたくなるのである。しかも大里の場合、油はぐらぐらしていたというのだから、もう何十回となくほうりこんだ疲れもあって足を掛けたに違いないのだ。どうして大里ばかりを責めることができよう。おれたちだっていつそんな運命にならぬとは限らないのだ。

白井の奴も大火傷で一ヵ月以上もたつのにまだ完全に治っていない。痛々しく手足にほうたいをまいて工場へ出ているのだ。この白井の場合など完全に彼自身の責任とは言えない。彼は近ごろメッキ工場のほうに回されていて、夜勤の時あまり暗いので踏みあやまって熱湯のなかにとびこんでしまったそうである。顔のほうまでほうたいをしていたが、服を着ていた部分の冒され方が少なくて命だけはとりとめたのだ。比較的治りの早かった顔は今でも真白いところが地図みたいにまだらになってかわいそうである。同級生のなかにはあいつはのろまだから落ちたとか、馬鹿な奴だとかいう奴もいるが、彼を責める方がどうかしている。うす暗い電燈のなかで作業をしているのだ。夜勤と言えば、まだ起きたばかりの眠い時だっただろう。体の調子が変なのにも拘らず仕事をしていたのかもしれない。要するに、どうして通路とまがうような所に何のおおいもなく熱湯の水槽があったのかそれが問題なのだ。

〔Q〕今でいう労働災害がけっこうあったの？

〔A〕平和な今でも、労働災害はある。これは本人の不注意もあるが、使用者の注意や安全環境を作るのが二の次になっているからだ。この大火傷事故の場合、油槽の外側に安全な踏台を作るなど、事前に対策を取るべきだった。対策不足の痛ましい戦後の例として、高濃度の放射性物資をバケツで運んで被ばくした人がいたよね。運んだ人も無知でしたが、どうしてそういう危険な作業をさせたか。まず使用者に責任があるといわざるを得ない。

五月九日　伊東でドイツ、イタリヤ

何ということだ。盟邦ドイツが負けたとは。あの世界に誇る新兵器を次々と生み出していたドイツが無条件降伏とは、プロペラのいらぬロケット飛行機を作り出したとか、V1号V2号というロケット弾は自分でドーバー海峡を越えてイギリスを攻撃したとか、最近はV3号というのまでできたと聞いていた。新兵器ばかりではない。戦術も巧みで、あっという間にフランスを降参させ、ソ連のモスコー近くまで攻めこんでいたドイツではなかったか。それが東からソ連、西から米英仏の連合軍にはさみ打ちになり、ベルリンまで陥落され、ヒットラーは自殺し、主なる官僚も消えたという。分からないものだ。イタリヤはもう一昨年内乱でムッソリーニは失脚したし、三国同盟も最後に残るのは我が国だけで事実上無効になってしまったわけだ。

おれは八年前のことを今でも覚えている。伊東の小学校にいた小学校二年生のころだったろう。ある日、学校で旗を作るのだと言われ、半紙に色を染めたことがある。それがイタリヤとドイツの旗だった。あの時、おれの幼い頭に初めて外国というものが刻みこまれたのだ。お寺のマークみたいな無気味さを、ドイツの国旗に感じ、イタリヤの旗の真ん中の盾のような物のなかの王冠を描きにくいと思ってから、日本の日の丸の旗を作り、簡潔な美と作りやすさに、やっぱり日の丸はよいと感じたことを覚えている。さて当日が来た。川奈ホテルにお泊まりになるのだという異国の客を歓迎せんがために沿道はずらりと人垣が作られた。おれたちも昨日苦心して作った旗を両手に持って待った。自動車が来た。万才、万才という声と共にいっせいに手と旗のゆらめく林だ。背の低いおれは後の方で一生懸命叫んだが、ハイカラな自動車の屋根が見えただけだった。

大きくなって、あの時は日独伊防共協定を結んだのだと知ったが意味は分からなかった。子ども心に友だちになったんだなと思ったその時から、おれはイタリヤとドイツに関心を持ってきた。そしてイタリヤがエチオピアというアフリカの国を負かした時のおやじの話を面白く聞いたものだ。自分の足の裏を靴がわりにしているはだしのエチオピア軍がろくな武器もなく空から襲いかかるイタリヤ空軍の前に屈しさった話を、そのころのおれはただ笑って聞いていたのである。イタリヤへの好意のために、その勝利だけを見て、はだしで戦わなければならなかったエチオピアの悲劇を理解できなかったのだ。今や冷静に見ることができる時がきたのだ。イタリヤはエチオピアを植民地にしようとしていたのだと、はっきり分かる。今にして思えば武勲かっかくたる当時のドイツも国家強盗にすぎなかったのだ。隣国はオーストリヤにしろチェコスロバキアにしろデンマークにしろみな占領してしまい、それでも満足せずポーランドやバルカン諸国にさらに進駐した。それに抗議しながらもなめられた英国やフランスは、かつてはそのようにして国を富ました常習犯にすぎない。そして遂にあれよあれよという間に力を増したドイツという不良青年に喧嘩をふっかけられたというわけだ。

おれはやっと分かるようになった。我が国はそういう国々と友だちであったことが何を意味するのかを。我が国はドイツやイタリヤを兄貴分として祭りあげ、ぶんどりの仕方を学び真似しながらも、自分の行為を正当化してきたのではなかったか。恐ろしいことだ。国家の犯す罪はその及ぼす所があまりにも大きい。国家は怪物である。善良な多くの意志をみんな呑みこんでしまって、出てくるのは真黒な悪事なのである。しかも尚悪いことに純心な疑うことを知らぬ人々には国家は自分たちと同じように、いつも白と見えるのである。

〔Q〕おじいちゃんは、伊豆の伊東にいたことがあったよね。

〔A〕まだ伊東線が通る前で熱海からバスでガイドさんが「向うに見えますのは初島で」と案内していたよ。そのころの伊東は漁村で新鮮な魚が食べられ、一方、あの池の水は温かいと思ったら温泉がわき出ていたとか面白い時代だった。その伊東の伯父夫婦の所へ二年間もいたんだ。

五月一六日　シラミ退治

どうもこのごろ夜よく眠れない。かゆいので夜中に目をさます。あわててふとんをめくってノミの姿を探すのだが、せいぜい一匹で、そいつをつめの間で葬り去って、さてと思って寝るとまたちくりだ。まったく神経衰弱になってしまう。しかも不思議なことにおれだけではない。友だちもみんなかゆいと言い出し、調べた所シラミだったことがとうとう分かった。よく小さいころ、夏の夕方など戦地から帰った人の話に聞いたシラミとはどういう物であるかと早速調べてみたら、寝巻きの縫い目の奥にいかにもか弱い腹でっかちの無気味な奴を発見した。三木に見せると、それがまさしく犯人だと教えてくれた。よくよく見ると大きさもノミの二倍ぐらいから小さいのまでいろいろある。一つ一つ取って死刑に処した。全部で六匹いた。これじゃあかゆかったわけだ。しかし戦地の兵隊さんの話だとこんなわずかな数ではないらしい。これも聞いた話だがたき火をして暖まっているとシラミの奴共がもそもそ動き出してくる。それって下着をぬいで火の方へ思いきり遠心力で吹っとばすとパチパチという音がしてシラミがはぜるのだそうだ。

五月一六日　シラミ退治

おれはもう安心して寝ようとすると荒川が寝巻きを今日夜勤の時、煮ようと言うのである。どうしてかと尋ねると「ようっく見てみろ。卵を生みつけているに違いない」と言う。そんなものかと、太陽の下で先ほどシラミ共のいた近くを注意深くみると、一ミリほどの透明な丸い粒がずらりと並んでいるのが目についた。それがシラミの卵だそうだ。つぶしにくいし、このままでおくと成虫になる。そうしたら大変だ。だから部屋中一斉にシラミ退治をするために巣窟らしき物は皆煮てしまおうと決まった。

おれはシャツと寝巻きを石油缶のなかに入れて、例の炉の上で焼きいもの時のような失敗はせぬよう注意深くはしごをかけて上がって煮た。あっちの炉の上でもこっちの炉の上でも友だちが真剣な目つきで石油缶をにらんだり棒でかきまわしている様は珍風景であった。とに角、これが功を奏したのか昨夜はよく眠れた。また増えたら煮ればよいのだ。

五月二五日　戦争は恋も許さぬ

大事件である。野上の奴が恋愛をしてそのことが理由で退学になるらしい。相手は動員に来ている高等女学校の生徒だ。工場めぐりをした時からずっとちらりほらりと見る彼女たちの優しい姿はおれたちみんなの唯一のあこがれだったと言える。だから野上の奴の気持もよく分かる。おれだってもう少し野上ぐらいにやさ男で大胆だったら、話の一つも彼女たちとしたいし、これもかなわぬことなら手紙のやり取りぐらいしたいと思っている。みんなそう思っているに違いない。日ごろの話だってあの眼鏡をかけた奴とか、出っ歯とか、よく彼女たちの特徴をつかんでは、うわさ話をしている。おれなんかは、それを言い出すだけの勇気もなくて、純情可憐な大和撫子《やまとなでしこ》を盗み見していただけなのだ。あゝ情けないおれよ。だから野上の奴が少々ねたましく「この非常時に何をしとる」と言いたい時もあった。まったくこの非常時下に恋愛どころではないのだ。戦地の兵隊さんのことを思え。特攻隊のことを思え。女どもを相手に胸をわくわくするなどとは、軟弱なだらしのないことだというのも分かる。しかしそうは言ってもおれの心が動くというのもいけないことかもしれぬが事実だ。

　野上はいい奴だ。憎めない奴だ。いつも明朗で、笑うと金歯がぴかっとのぞく。滑らかな顔はおれたちの仲間のだれよりもいつも手入れが行き届いて、一目でお坊ちゃんとわかる顔だ。服装も気をつけてズボンの折り目もついていたし、きれいでさっぱりしていた。その上、気だてがよいのでみんなに好かれていた。その野上が女学生に恋をしてしまった。もちろん片恋なんかでなく相愛の仲らしい。相手の女学生は食券の事務をしている人で、先日も野上に、あの子だと教えてもらったが、なかなかの美人だ。工場で働いている人たちと違いセーラー服を着ているので、その清純さと白い顔がぴったりと合って、野上でなくても、と思った。このままだったら、いくら武骨な学校当局だってどうしょうもなかったのだ。ところが、野上と彼女は遠くで見ているだけでは気がすまなくなってしまった。それですこしの間を盗んで話しあいをしたらしい。しかしその時がなかなか見出せないのだ。それはそうだろう。女学生のほうは家から工場へ通っているのだから面会できるのは昼間だけ、しかし仕事がどちらもある上に、このごろでは男女が人の見える所で話しあおうものなら、まるで犯罪扱いである。仕事場も男女ははっきり区別されている。仕事場には仕事のことより男女関係のことのほうがやかましい監督がいる。休み時間などは無いから互いに合う時もない。彼女への機会は月に一度食券を貰いに行くあの時だけだ。しかし大勢いる事務室だから話しをするわけにはいかない。かわいそうに野上は切羽つまって恋文を書いた。恋文は彼等の間で何度か往復したのだろう。どうしてばれてしまったのか、おれは知らないがその恋文が先生に見つかってしまったのだ。おれたちの仲間でばらした奴がいたのかも知れない。不幸な者は自分の近くにいる幸福な姿をねたましく思うものだ。しかし、そんなことより重要なのは、これが発見され、野上が退学になってしまったということだ。馬鹿馬鹿しい。非常時下だからお説経ではかるすぎるというのなら、謹慎で充分ではないか。だが退学とはあきれてしまう。先生たちにとって、おれたちの恋愛は遊びというより何か悪いこととしか見えないだろうが、おれたち若者にとっては神聖なんだ。その神聖な愛情の問題が退学という処分で汚されてしまった。何か野上を救う方法はないものか。どうしたら彼の退学を防ぐことができようか。

五月二八日　恋文で退学

やっぱりうわさは本当だった。野上は退学だそうである。今夜八時ごろだったか珍しくも同郷の田代がおれの部屋へ来て「今他の部屋をずっと回って話しをしてきたが、君達も野上のために来てくれ」というのである。やれやれよかったとおれは思った。廊下に出るともうみんな廊下に集まっている。おれはみんなの後に従った。目立たないのがおれには都合がよかった。教官室の前に何列かに並ぶと田代など数人が「先生にお願いしたいことがあって参りました」と、代表としてなかへ入っていった。おれをぶんなぐった杉田の野郎は外の隅の方でしょんぼり立っていた。杉田というのはこういう所ではまだ大した存在ではないのだと思ったら憎しみがすこし消えていくように感じた。いつまで憎んでいたってしょうがない。それにおれも悪いのだから仕方あるまい。部屋のなかでは静かに話をしているために話の内容は聞きとれない。しかし、おれは野上のために何時もはバラバラで顔を合わしたこともない同級生が一緒になったことを、廊下をうめつくした人の群れのなかで頼もしく感じた。このおれたちの願いがかなえてもらえるのではないか、おれたちの真心が通じるのではないかという気さえした。何分間だったろうか。おれたちは黙って立っていた。誰一人としてささやく者もいない。みんな耳をすましているのだ。しばらくして田代たちは出てきた。どの顔も沈痛な面持ちだった。もう職員会では決定されてしまって、どうしょうもないということだった。おれは腹が立ってどうしょうもなかった。

かくして野上は学校から追放されてしまったのだ。彼が将来ゆがまずに真っ直ぐ伸びてくれればよいのだが、それにはおれたちよりも大変な努力が必要だろう。それが彼にできるだろうか。できることを祈りたい。学校は無惨にも彼を決定的に傷つけてしまった。彼だって時局を思えば行きすぎていたとは気づいていただろう。しかしその罪（？）に比してこの罰は彼自身だって意外なほどに厳しかっただろう。第一おれたちでさえ不当だと思ったくらいだ。しかも、まとまりが悪く表面的に教師の前でつくろうのがうまいおれたち同級生が、このことだけ一人残らず野上の味方で、かつてない教師への嘆願となって現れたのではないか。この処分のきつさは何よりも学校の体面上からに違いない。在校生のおれたちには「今度やったら、またこの通りだ。退学だぞ」とおどしている。そして社会に対しては「我が校でこういう不埒な奴がでたのは申し訳ありません。従って社会では死刑に相当する学校での最も重い罰、退学にしました」と言っているのだ。野上をどのように育てあげたらよいか、という親心というものがないのだ。青年の心をてんで理解していなかったのだ。学校にとっては一人ぐらい、いようがいまいがそんなことは問題ではないのだ。あゝ、野上は救われない。

〔Q〕恋文で退学だなんて驚いた。戦争中は恋愛もゆるされなかったの？

〔A〕もちろん法律できめられたわけではないが、「欲しがりません。勝つまでは」「ぜいたくは敵だ」のスローガンに代表されるように、戦争のために楽しいことを遠慮させられた世論があった。これこそ国民精神総動員そのものであり、戦争の非人間性を現している。

六月三日　沖縄、戦場になる

四月の初めアメリカ軍が沖縄に上陸してから二ヵ月あまりたつ。あんなに小さな島なのによく持ちこたえていられるものだ。島の人々が軍に一致協力して悲惨な戦いを展開しているからだ。まったく悲惨としかいいようのない戦いになってしまった。もう救いようがないのだろうか。悲惨のままに玉砕していくのをおれたちは見ているだけなのか。それともおれたちが来るべき本土決戦で彼等のように玉砕していくことが、彼等にとってせめても慰めとなるのだろうか。それともおれたちが生き延びて後世に沖縄の悲劇を無意味にしないように努力したほうがよいと思うのだが。

沖縄の町も村もアメリカ軍の通るところはことごとく廃墟と化したそうだ。こわれた家でさえ戦車が銃弾を浴びせた後、火炎放射器で焼いてしまうという。砲撃を受けた山は一夜にして木々を吹っ飛ばされて禿山となり、土の色まで硝煙によって黄色くなってしまうそうだ。道路は破壊され、家はとばされ、内地からの補給がないため食糧は自給自足で空襲の合間に畑仕事をやっているという沖縄、それでも尚闘志に燃えて竹槍の訓練をやっていたという。男だけでなく女も立ち上がって軍に協力しているそうだ。斬り込みまでやっていると聞く。ある所では敵の猛烈な爆撃のため一人傷つき二人倒れ、遂に最後の手段として斬り込み敢行を決意するや国民学校の児童まで先生から手りゅう弾を手渡されて敵陣に突入したそうである。それまでも、その子どもたちはざんごう掘りに、陣地構築に、荷物運びにと、献身的な努力を重ねてきたという。

こういう記事を読むと、おれの臆病神に取っつかれたような考えが恥ずかしくなる。こんな子どもたちまで決行したのではないか。ましてやおれがやれないことはあるまい。それにしても、どうも腹が立つ話である。あまりにかわいそうな話である。平和の時なら遊び回ってすごせる年ごろの彼等が青い顔をして空腹を我慢しながら働き、あげくの果てに疲れ切った体で敵陣にとびこませられたのである。軍がだらしないために、こういう悲劇が起こってきたのではないか。自分で戦争を望み、平和より戦争を選びとった大人は殺し合いを承認した以上、最悪の事態になってもやむを得ない。戦争は殺すか殺されるかどちらかなのだ。しかし、まだ何も分からない子どもを巻きこむなんてひどすぎる。無邪気な未来に満ちた彼等を死に追いやるなんて罪悪だ。大人の不甲斐なさが子どもを惨めにしている。生まれなかった方が良かったような生涯を子どもに送らせてしまったのは大人の責任ではないか。子どもが不幸な世の中は狂っている。

〔Q〕沖縄戦ではたくさんの子どもが犠牲になったの？
〔A〕いや、実際は犠牲になったのではなく、軍が犠牲にしたのです。大学教授で元沖縄県知事の太田昌秀さんの『沖縄戦とは何か』（久米書房、一九八五年）にその痛ましい数字がある。沖縄戦の戦没者は約一四万人で、その内一四歳未満の子どもは一万一四八三人。そのなかでなんと一万人が日本の軍隊によって「入居中の壕から追い出されたため」に命をおとしたのだ。これこそ空襲と共に軍隊が国民を守らなかった証拠だ。

六月一四日　久しぶりの豆腐

何日か前、先日からおれたちの働きぶりが、あっぱれであると、大豆一俵と玉ねぎの特配（特別配給）があった。どうするかと相談があり、先生の原案通り豆腐にすることにした。先日は、おれの部屋の者が豆腐を取りにいく番で、三木と村上と荒川とおれの四人で、工場からリヤカーを借りて町まで取りに行った。たまの町へ出る機会よりも豆腐の魅力で運ぶ仕事も張り合いがあった。一体、豆腐屋がこの町にあるのかと思いながら、教えられた道を少々迷いながら行くと見つかった。普通の家と同じような構えで、戸を開けてみないとまるで分からない程だった。店には品物もなく、おれたちの豆腐をリヤカーに積むと、後には何も残らなかった。売り物がないからだ。今や豆腐も貴重品になってしまった。

帰って早速部屋ごとに配給した。丁度各自に一丁ずつあった。醬油がないのでソースをかけて食べたが変な味がした。しかしあの柔らかな感触と淡泊な味はやっぱりうまい。玉ねぎは生のママ刻んで、これもソースをぶっかけて食べた。からいのからくないの涙が出てしまった。

六月二二日　真夜中の豊橋空襲

昨夜は久しぶりに真夜中に空襲だと起こされた。このごろ空襲は昼間が多かったのだ。眠くてたまらないし大したことはないだろうと思って寝てしまえと思っていると「何百機というB公が来た。この工場もそろそろねらわれるころだ」との声。おれはビックリして毛布を一枚かぶり寝間着のままで友だちに続いて外にでた。真っ暗い、月もでていない夜だった。先ほどの誰かの言葉を裏付けるかのように、いやに昨夜は慎重で広い運動場を突っ切って工場の外に出た。今までこういうことはなかったのだ、これは「ただ事ではないぞ」と思った。工場を出て海岸に向かって、またしばらく歩いた。かなり工場と離れてやっと止まって休んでよいとなった。おれはすでに暗闇に馴れた目であたりを見回して、材木らしきものが積んであるのが目にとまり、そこに腰を下ろした。皆もめいめい場所を選んでしゃがみこんだ。材木はもう夜つゆにぬれてしっとりとしていた。寒くはなかったが、今夜こそやられるのかと思ったらゾクッとした。不気味な静けさの内にしばらく時間はすぎた。おれは心のなかで、まさかだまされたのではないかと思うほどだった。突然だれかの「爆音がするぞ」という声がした。なるほど海鳴りのような音がかすかに聞こえる。その音はだんだん大きく響いてきた。もしおれたちがねらわれても、この原っぱでは隠れようもない。覚悟をきめて爆音に耳を傾けた。だれも話をしなかった、やがて爆音は空一杯に広がりおれの鼓膜をゆすぶった。堂々たる爆音は空から地を圧した。さあ、真上だ。落とすかと思った。今か、今かと待った。ものすごい数のB公だ。次から次へと音が切れ目なしに続く。おれは爆音に圧倒されていた。どうしょうもないのだ。あきらめるより他ないのだ。おれは坐ったままで目をつぶった。もっとも暗闇のなかでは、目を開いていてもそう差はなかったが。そのうちに爆音は次第に遠のいて行くのが分かった。「助かった」と思った。死の音は小さくなっていった。やがて消えたので、おれは材木の上に寝ころんだ。全天の星がきらきらと輝いていた。星は美しかった。明るい星、青白い星、赤い星みんなそれぞれに精一杯に真黒な背景のなかに輝いていた。それぞれのきまった場所で何百万年何億年という昔から輝いているのだ。こういう自然の秩序正しさを見ていると、人間がちっぽけな土地の奪い合いで血みどろの闘争をしていることが馬鹿馬鹿しくなってくる。真夜中にふとんの上でなくて材木の上で寝る強制的な風流さも馬鹿げてくる。さ、かえらないのかなと思って上半身を材木の上に起こしたとたん、東の地平線のあたりが黄色く染まっているのに気がついた。みんな見ているらしい。「豊橋だ」「いや名古屋だ」という声が聞こえる。

「今まで名古屋がやられたって見えなかったぞ。もっと近い豊橋だ」という声。見る見るうちに、その黄色の下が真赤に染まり始めてきた。B公にやられているのだ畜生め。その明るさはすこしずつ増し、まるで生き物であるかのように成長して行く。そして真赤な部分は益々増し、その上部では煙であろう。黒いものがもやもやと真赤な炎のふち取りをしている。おれはそれを美しいと思った。あの星のような静かな人の心を安らかにさせるような美しさではないが、そこには人の胸を興奮させるものがあった。あれは小さいころみた静岡市の大火事の時も同じように見入ったことを思い出した。その時は嬉しがって躍りあがって喜んだものだ。この残酷な傍観はおれが一端危機を脱した安心のなかに巣くったのか、それとも何かおれたち人間自身のなかに残酷さを喜ぶものがあるのかもわからない。しかしその時のおれはあの炎の下で逃げまどう人々を思い浮かべなかった。おれは思い浮かべることが恐ろしかったのだ、想像したところで何になるだろう。おれにはその人たちを助けることも何もできゃしない。悲惨の前に無力であることを知りすぎている者は、ただ沈黙するより他ないのだ。おれはまた材木の上に寝ころんだ。おやっと思った。星が見えないのだ。あの美しく輝いていた星たちはいつの間にか姿を消してしまったのだ。火炎の煙が空をおおってしまったに違いない。地上のみにくい光が天の美しい光を消してしまったのだ。またB29の爆音が聞こえてきた。そのとどろき渡る音は、まったく憎らしいほど悠然と聞こえる。「さあ、今度はおれたちの番だな」とおれは感じた。それで豊橋の人々のお仲間入りができるのだ。同様に被害者になるのだと覚悟した、B公は次から次へとおれたちの頭上を飛んで行く。何百機という数のB29だ。焼夷弾で燃やすか、それとも爆弾でポカポカやられるのか。恐ろしい何分間だった。おれはせめて爆弾の落ちるまで考えていようと思った。つくづく戦争は馬鹿々々しい。おれの一五年の生涯はなんと無意味だったろう。父と母と妹の顔を思い浮かべた。おもちと赤飯といなりずしを腹一杯食いたいな。

何か耳に響いたので起き上がると、みんながたち上がって帰ろうとしている。空はシーンと元の静けさに帰っていた。何時の間にかおれはまどろんでいたとみえる。火はすこし衰えたとはいえ、まだ真赤に燃えている豊橋を左手におれたちは宿舎へとむかった。振り向くと東の海がうすく白みがかって、やがて夜明けになると知らせていた。まったく、長い空襲だった、「とに角、命びろいしたな」とおれはつぶやいた。しかし、おれにはそれが喜んでいいことなのか、悲しいことなのか分からなくなっていた。ただ、確実なことにまだ空襲はある。そしておれたちはまた逃げ回るだろう、ということだった。

〔Q〕豊橋の空襲はそんなにひどかったの？
〔A〕私のいた新居は豊橋から一五キロも離れていた。そこから見ただけだからよくは、分からなかった。

そこで図書館へ行って調べてみたんだ。

空襲はB29一三六機が、六月一七日の真夜中から三時間にも渡り九五〇トンの焼夷弾を投下。死者六二四人。焼け出された人七万人(人口の半数)。(平塚柾緒編著『日本空襲の全貌』洋泉社二〇一五)

六月二二日　検閲を体験し分かったこと

今朝がた先生から連絡があって「工場へ出る前に総務課へ行くように」とのことだった。おれに何事だろうと思った。総務課なんていう所があるということさえ知らなかったおれである。呼び出された上に何か偉そうな名前におくれして、村上に一緒に行ってもらった。総務課は聞いてみると門の守衛に一番近い建物だった。おずおず入って見ると、まるで村役場を大きくしたような感じの広く明るい部屋だった。さて、きたもののどうしてよいのか分からないので、近くに坐っていた若い人に「学徒隊の者ですが……」と尋ねると「あそこの人のところに行きなさい」と指された人は、近ごろでは見慣れない背広を着た立派な紳士である。おれが先ほどの問いかけを繰り返すときらりと光る目をむけてから「あ？君か」と、まるで前から知っているかのような軽い返事をしてから「これは君が書いたものだね」と葉書を差し出した。確かにおれのだった。おれはたまげた。昨日出したのだから今日は家へ着くころだろうな、と思っていたのに、こんな所にどうしてあるのか、おれには分からなかった。その人はおれの当惑したような顔を見て、にこにこしながらおだやかな調子で続けた。「君が書いた、ここのところをどう思う？」示された所を読んでみた。……昨夜は豊橋が憎っくきB29にやられました。真赤に染まった空はまるで静岡大火の時のようでした……。

おれはだまっていた。いま読み返すともっとくわしく書きたくて、言い足りなくて、下手な字だなあと心のなかで思ったが、紳士の聞いた「どう思う？」には、何かおれの考えていることとは異なったことをさしていると感じたからだ。紳士はおれの答えが期待できないと見るや、例の静かな調子で「これを見て、おうちにいるお父さんやお母さんは心配しゃあしないかな」と言った。おれは頭をガーンとなぐられたような気がした。それと同時におれは「分かった」と思った。おれはどう答えたらいいのか分らなくなった。ただ黙って下を向いた、すると紳士は「そうか。分かってくれたね。御両親に心配を掛けるのは親不幸になってしまうからね。どこが爆撃されたとか、やられたとか書くと心配するでしょう？　これからも注意しなさい。今日はもうこれでいいですよ」と独り合点しながら許してくれた。そしておれの手にその葉書をのせてくれた。いまいましい葉書め。かえり道おれは両親に届かなかった、その葉書を破いて破いて、できるだけ小さくして空に放り投げた。父母は便りをまっている。届かなければかえって心配するだろう。しかし、おれは書くのが恐ろしくなってしまった。これから手紙を書くとき、あのおじさんの目から逃れることはできないのだ。「心配するだろう」だって笑わせるな。おれの葉書よりもっとくわしく新聞でさえ伝えているではないか。それよりもっと直接にB29が、空襲そのものが時局を語っている。この戦時下、おれたちはいつ死ぬかもわからないのだ。空襲の知らせぐらいで心配するものか。

それはともかくとして、どうしておれはあの時「分かった」と思ったのだろう。何か頭のなかですっとしたのはなぜだろう。あの時何が分かったのだろう。そうだ。もう何ヵ月もずっと解けなかった難問が氷塊したのだ。それはこうだ。新聞がどうしておれには空々しく感じられる時があるのか、今まで分からなかった。最近は爆弾を受けたあと「被害は調査中」でしめくくられるのが常で、いくら待っても調査が終わらないとみえて発表されない。なぜなのか。被害が甚大なため国民に知られて動揺するのを防ぐために違いない。我々を信頼していないのだ。おれたちだって覚悟ができることが分からないのだ。「空襲下揺るがぬ備蓄・食糧に不安なし」というのも、その次のつけたしが気になった。「今次の空襲でも政府の備蓄は、ほとんど焼失していない」なるほど、あれだけ空襲されていれば相当な食糧倉庫が焼けているに違いない、と読むのか。「敵は本土へ必ず来る。われに無限の兵力、強靱な闘志で敵撃滅」そりゃあアメリカ軍は来るだろう。だんだん近づいているのは新聞でなくても目に見えてるではないか。だが「無限の兵力」とは、一体何があるだろう。近ごろでは我が軍の飛行機は敵機を迎え撃たないではないか。B29にやられっぱなしではないか。これでは「無限」どころか、どのくらい残っているのか、あやしいものだ。これらの文句は全部、あのキラリと光る目の下をくぐって書かれているのだ。新聞記事もみんな検閲済なんだ、と思ったとたん、おれは今の世の中が分かったような気がした。

検閲でなでられた世の中では、みんな世の中のことには盲目なのだ。ひょっとすると、盲人の国民をひっぱっている軍部のお偉方も盲目なのかもしれない。盲人が盲人を引いている。そして、なお悪いことに両方とも目明きだと勘違いして、かっ歩しているので、いつドブにはまるか、いつ石ころにつまずくか分からない。

〔Q〕手紙は全部読まれていたの？
〔A〕いやな時代でした。総務課に呼びつけられるまで、読まれているとは知らなかった。そこで初めて検閲を知ったんだ。
あれから、日本で「特定秘密保護法」が制定されようとしていた。政府は国民の意見を公募した。私は、生まれて初めて意見を送った。

（二〇一四年八月二四日）

次に、私の意見の前書きを抜いた本文そのままを記載しておこう。

一、「定義」で「特定秘密」とは何か、はっきり書くこと。今度の法では「定義」で「特定秘密」を確定していません。これはこの法律の重大な欠陥だと思います。「別表」で大まかに分かりますが、別表三の「特別有害活動」とは何のことか、分かりません。何だか分からないことで罰せられる恐れが出てきます。定義をきちんとすべきです。

二、「その他」は全部削除すべきです。条文の中に「その他」が実に多い。これは条文を拡大解釈される恐れがあります。

三、有効期間は三〇年を上限とすること。第四条の四で三〇年を越えて六〇年まで延長とはあきれてしまいます。

四、秘密内容が適切か判断する第三者機関の設置。この法律は隠したがる人々にとっては、大変都合のよい法で悪用される恐れがあります。この予防には内部告発などで問題点を提出して第三者機関で判断してもらうべきです。戦前の暗い時代にならないよう、「特定秘密」の限定、良心的告発者の保護なども必要だと思います。

六月三〇日　工場を守る陣地ができる

このごろ工場の周囲のそこここに何か作り始めたと思ったら高射機関銃の陣地だということだ。土のうを積み重ねて二メートルほどの高さにした陣地は直径約四、五メートルの円形をなしていて外側からは、機関銃の砲身が見えるだけだった。それが工場の回りに点々と約十ぐらい一週間かそこらの間に完成してしまった。すごい速さである。日に日に高くなっていく陣地の囲い越しに見ながらおれは頼もしく思った。空の敵を迎え撃つ友軍機の姿が見えなくなってから久しい。その間、敵のおもうままにさせておれたちは逃げ回るばかりだった。まったくいまいましかった。おれたちの国だというのに暴れこんできたならず者を撃退できなかったのだ。しかし今度は地上からあの横暴な奴共をたたきのめしてやるのだ。それにしても考えてみると。今までよくもこの工場も無防備のままにさらしておいたものだ。このやり方だと軍需工場は相当やられたに違いない。今ごろになって残っている工場を守ろうと、あわてだしたとみえる。遅い。

七月八日　沖縄の生徒たち、犠牲に

沖縄師範と沖縄一中が表彰された。彼等が玉砕したとは噂できいていたがやっぱり事実だったのだ。彼等は鉄血勤皇隊を結成して皇軍と共に戦い最後までがんばり一人残らず戦死してしまったのだ。学徒にもあれだけの働きができるのだ。ある時は軍と共に爆撃と砲撃の最中に陣地を作り、ある者は通信や伝令をつとめついに軍と共に運命を共にしたのだ。よく戦ってくれた。おれたちの仲間のなかでも「沖縄師範に続け」という声が合い言葉のようになってきた。しかし、おれはどうしたわけか口に出して言えない。おれは卑怯者だからなのか。その掛け声にせめてうなずくだけなのである。おれは弱虫なのだろうか。おれは死ぬのが恐ろしいのか。いや、死ぬことは問題ではない。ポカンと一発やられてしまえば、痛いと感じる間もなく冥土行きなのだ。掛け声なんか不要だということではないか。表彰などで彼等の霊が慰められるものか。おれたちの海岸へ敵が上陸したと想像すれば分かる。ルソン島や硫黄島や沖縄に上陸した時と同じように、空と海からの猛烈な攻撃ではじまるであろう。それを山陰の洞窟のなかでこらえたとしても、戦車を先頭にするアメリカ軍の上陸に遭遇するだろう。おれたちは逃げないで突撃する。つまりおれたちも沖縄師範や一中と同じ運命の下にあるのだ。彼等は早く、おれたちはこれからだ、というにすぎない。そしておれたちの後に表彰ときたって嬉しくもない。そんなものはいらない。おれたちは何の為に死ぬまで尽くすつもりなのか。おれたちの国のためだ。同胞のためだ。おれは近ごろ天皇陛下の御為にという理由では、とても死にきれないことに気がついた。そんな一人のために、どうしておれの二つとない命を捧げなければならないのだ。おれの両親、おれの村、日本の人々のためなら、おれの命を役立てよう。おれたちの国が勝ってくれさえすればよいのだ。その一番大事な「勝つ」ということが、だんだんおれには信じられなくなってきたのだ。おれは以前にも「負けいくさ」などと言ったこともあった。その時は、今考えてみると決して信じてはいなかった。むしろ「しかし今に見ろ」という背後に燃えるものがあった。ところが、このごろは口に出しては絶対に言えなくなってしまった。「特攻魂が国を覆うとき勝利は絶対にわれにある」と先日も阿部内相が言った。とっくに特攻魂は国を覆っているのに、事実として負けつつあるのはなぜか。それが問題なのではないか。新聞も「本土決戦必ず勝つ」と言っている。その勝因が「ただ任務の必遂であり」「敵近づけば思うつぼ、その機つかんで我が戦力爆発」とある。任務は国民みんな果たしているに違いないのだから戦力になる。その戦力はどういうものかぼかしてある。もしあるなら罪なき国民が空襲の度に財産や同胞を失うままにして敵どもを我が物顔にのさばらせておくことはおかしい。何かすごい兵器ということもこんなにアメリカのハエ共に嘲弄されている状態では期待できない。つくすべき手がないからほしいままにのさばらせたままで置いているのではないか、と考えて行くと残るはただ一つ、例の肉弾戦法しかない。国民が弾丸となってとんで行けというのだろう。

〔Q〕沖縄戦では生徒も戦争に狩り出されたんだね。

〔A〕そうだ。六月三日に紹介した太田さんの本によると、女学生は従軍看護婦として動員され、五九三名中、三五六人六割が戦死。その内有名な「ひめゆり部隊（女子師範と第一高女）」の戦死者は二一〇名で七割にもなった。男子の「鉄血勤王隊」は一〇校の生徒一八四八名が動員されその半分が戦死した。

戦争は未来ある若者を殺すことを忘れてはいけない。

七月一〇日　敵機何十機も空襲

昨日の昼ごろ、またP公がやってきた。何十機となく次から次へとやってきた。ものすごい超低空飛行で敵の操縦士の顔が防空壕から見えたくらいだ。今日はもうあの完成された高射機関銃が一斉に火を吹いて空と地上の打ちっこだった。敵もあわくったらしい。それにしてもP51はすばやく、一機も落ちないのだ。いやはや、おれたちの頼みの高射機関銃もあまり命中は期待できないらしい。少々がっかりする。

七月一六日　連日の空襲

昨日、今日と連日のP公の空襲だ。硫黄島がとられたということが、これほど悩まされる結果になろうとは、まったく落ちついて仕事していられないのが一番残念である。これでは飛行機の生産が、がた落ちになるに違いない。それが唯一の心配だ。昨日も昼ごろ一時間ぐらい東海地方を荒らし回り、飛行場・住宅・汽車などを機銃掃射したそうだ。今日は、もっと長い間うろつき回っていた。

今日、もうおれたち退避するのもめんどうで仕事を続けていた。そしたら組長さんに叱られてしまった。「死ぬまでは命を惜しめ」というのだ。おじさんの言う通り飛行機を作るおれたちには、おれたちの使命があるのだ。おれはこれからも手まめに逃げることにした。スポーツだと思えばいい。競争だと考えよう。空襲警報のサイレンと共に防空壕目指して全速力で走るのだ。

七月二〇日　日用品の盗み広がる

世の中がひどく荒れてきた。嘆かわしい世の中になってきた。ある主婦がマッチを一箱お勝手（台所）に置いて、配給の野菜を貰いに行ったわずか二、三分の間に盗まれてしまったという。おれたちはマッチなど不必要なのでうっかりしていたが、近ごろは配給以外に入手できなく貴重品になってしまった。盗られた人は困っていることだろう。新聞では「不用意にも、たった一箱のマッチ」と書いてあった。自分の家の台所にマッチを置くのが不用意だろうか？　マッチでさえも常に携帯していないとやられる程、我が国民の道義心は落ちているのか。それとも、こんな必需品を配給できない政治が悪いのか。こういう話もある。

銭湯に行ったある男がおろしたての、たった一個の石けんを、湯舟につかっている間に盗まれてしまったという。石けん一個をぬすまなくてはならないほど一般の人々は困っているのだ。おれたちには自分たちがつくった石けんがふんだんにあるのに。

スリも多くなったそうだ。自転車泥棒も頻繁だというし、下駄一足靴一足という小物から洗濯物一枚というものまで出て来たそうだ。下駄まで配給になってしまい、それでは不十分な上に、いくら金を出したって商店に売っていないから、こういうことになるのだ。

生活必需品が不足するのは、軍の物ばかり作っているからだ。おれたちは確かに「非常時だから」「勝つために」武器作りに専念してきたし、国民は皆必需品を我慢してきた。しかし、こういう小さなものまでかっぱらいが急激に増加したということは、心掛けではもうどうしょうもない状態にまで来たことを示している。危険な徴候である。一億の国民が最も力を合わせて戦わなければならない時に、玄関から干し物まで見張っていなければならず、入る人毎に泥棒ではないかと疑わなければならないようになってしまった。結局、今にして思えば我慢したことが間違っていたのだ。物のある内に我慢したために蓄えなく、切羽詰まって必要な品物を盗むことになってしまったのだ。

〔Q〕マッチや石けんまでが盗まれるなんて、驚きました。

〔A〕今では考えられないくらい、生活必需品が不足していました。すべての生産が武器中心になってしまったからです。

家永三郎教授の『太平洋戦争』（岩波書店一九六八年）によると、一九四二年末に上野の松坂屋の食堂で、一杯の雑炊を食べるのに、三時間半も行列したそうです。

主食も副食も配給制になり、配給すべき物も不足してきて、闇物資を買ったり、農家から直接買うか、衣料などと物々交換や買い出しせざるを得なかった。

しかし、国民の多数が飢えに苦しんでいるのに、高級軍人・高級官僚・軍需工業経営者などの一部特権層は「顔」の力で特別の闇ルートを持ち豊かにくらしていました。

そこで、当時次のような歌が流行したそうです。「世の中は星（陸軍）にイカリ（海軍）に闇の顔、馬鹿者のみが行列に立つ」

七月二六日　爆撃後重傷者への輸血の悩み

この重々しい心。おれは悪い奴だ。お前はどうしてこんなに利己的なんだ。なぜ西山におれの血を提供しなかったのか。おれはあの時どうかしていたのでは、いやすべては戦争のせいなんだ……昨日空襲があって西山がやられてしまってから、おれは何度となくおれ自身に向かって、この問いを発した。そして結局重々しい心がおれ全体を覆ってしまった。いまいましいことだ。後悔先に立たず。この言葉を苦い思いで幾度もかみしめなくてはならないだろう。

昨日も一昨日も朝早くから艦上機（航空母艦から）の空襲を受けた。グラマンF6Fというのがおれたちを襲った敵機だ。P51より小さいが群れをなしてくるし、小型爆弾を落としていくのが特徴だ。昨日は二〇〇機、一昨日は三〇〇機も来たというのだからものすごい。

昨日、空襲警報が発令された時、まだおれたちは朝早いので寝ていた。このごろあまり続いたので、おれたちはなれてしまって、またかと思ってふとんをかぶってしまったものもいた。おれの部屋の連中はとにかく防空壕へ行こうと話しあって、例の土手の下に掘ってある壕のなかへ退避した。すると間もなく敵機の来襲である。数機ずつ編隊をなしてぶんぶん蜜蜂どものようにうるさくやってきた。工場に近づくや否や高射機関銃が一斉に攻撃を開始した。敵機もバリバリ機銃掃射で応戦した。おれたちの壕のそばをヒュッヒュッと弾丸の走る音が聞こえる。おれは壕のなかでびくびくしながらも好奇心で恐る恐る首を出して外をうかがった。敵のうち一機が黒い煙を吐き始めた。「あたったぞ」とみんなに知らせた。みんなも顔だけ出した。それはどす黒い煙を吐きながら、ぐんぐん急降下でおれたちの工場の真上に迫ってくる。あっ、操縦士が見えると思った時、反射的にみんな壕のなかに首をすっこめた。ドカンという轟音と共に地面がもちあげられ、壕がゆさゆさ揺れた。やられた、と思った。しかし、どこも痛くはないし、助かったと感じて目を開くと、昼間だというのに外は煙のような物がもうもうとして何も見えない。苦しまぎれの敵機の奴が爆弾を投下したのだ。大変なことになった。まだ寝ていた連中がいたに違いない。どうしただろう、とまず気がかりだ。爆弾でどこがやられたのか気になった。何分かたって爆音が遠のくや否や一斉に壕を飛び出した。あたりは真白くほこりをかぶっている。おれたちの宿舎もその北側の兵隊のいた所も。南側の寮も、ガラス戸は、すべて吹っ飛び壁は落ち、さっきまで人が住んでいたとは思えない廃屋と化していた。一発で六〇からの部屋がだめになるとは爆弾の爆発力は恐ろしいものだとつくづく感じた。廊下に散るもとの土にもどった壁土を踏みながら、おれたちの部屋を見に行くと、鉄片が天井を貫いたり、柱にグサッとはいりこんでいたり、板壁が破裂していた。粉々に砕けたガラスと、まだ敷いたままになっていたふとんの上一杯に、土が広がっていた。廊下には血が点々と落ちている。やはり級友の誰かがやられたのだ。誰かが「肉が落ちている」と言ったので走り寄ってみると、握りこぶしほどの血の気に失せた薄茶色のような肉片が廊下の隅にあった。おれは、はっとした。人間の肉片を生まれて初めて見たので、ただ驚きだった。誰かがやられたのだ。しかもあの肉片から察すると相当の重傷、いや命も無いかも知れぬ。おれたちは皆だまりこくって、また空襲されるかも知れぬから退避するのだと、言われるままに身の回りの品をまとめて、工場の外へ連れだされた。しばらく歩いて、かなり工場から離れたお寺の境内に落ちついた。着くが早いか、おれたちは皆地面の上に腰を下ろしたり、木にもたれかかったりして、体を休めた。夏の太陽はかんかんと照って、空は晴れ渡っているのに、おれたちの心は沈んでいた。みんな西山の重傷のこと、そのほか五、六人も出た負傷者のことを考えていた。それから、おれたちのこれからの運命について。兵隊たちはほとんど退避していなかったので十数人も負傷者がいるそうだ。といううわさは小耳にはさんだ。おれは木陰の石の上に腰をおろして「戦争はおそろしい」ことを感じていた。だんだん戦争がおれの近く来たことは知っている。今までは、戦争とは勇ましいもの、男らしいもの、と思ってきた。しかしこう身辺に戦争が迫ってきた時、おれは臆病なことだが、女々しいことだが、弱虫だが、戦争は恐ろしいと感じざるを得ない。おれがもし宿舎に寝ていたら、おれの肉片が……今夜おれたちはどこに寝るのだろう？　まだ朝食も食わないのだ。めしは？　さまざまな不安でおれの頭はガンガンしてしまった。

そんな状態におれがいた時だった。「B型の者はおらんか」という声をきいたのは。おれはハッとした。西山の輸血をするために同じ血液型の者を探している声に違いないのだ。「B型の者はいないか」とさっきよりすこし近くで聞こえた。おれはその声の主を見上げることはできなかった。まず自分の体だ。「どうしょうか、立つか、立つまいか」「いや、おれ自身栄養不足ではないか。」「もう一度言ったら行こう」おれは心のなかで迷いに迷った。もうあの声は聞こえなかった。しかしその時から、おれの心は重くなったのだ。おれはさまざまな理由で自分自身を納得させようとしたがだめだった。

夕方、おれたちは近くの小学校に宿泊することになった。たき出しのにぎりめしが二つずつ配られた。朝・昼と二食くわなかったおれたちにとってはご馳走だった。まったく、うまかった。毛布も一枚ずつ配られ、床板の上の薄べりに転がって寝た。その夜だった。西山が出血多量で死んだことを知ったのは。あとの四、五名は軽傷で命に別状なしとのことだった。彼等は機銃掃射がはじまったのであわてて布団から出て廊下を駆け出した。その瞬間爆撃されてやられたそうだ。その話を聞いている内にいたたまれなくなって、おれは教室を抜け出して、だだっ広い運動場で空を眺めた。星たちはおれたち人間のおろかさとおれのみじめさを冷ややかに眺めているように感じた。じっとみているとおれはかなしくなった。涙がほほを伝わっても暗いのを幸いぬぐおうともしなかった。

おれをこのようなみじめさに追いこんだ戦争が憎い。人間の残酷さをえぐり出して、冷ややかに見せつける戦争が憎い。

〔Q〕おじいちゃんは、重傷を負った西山さんと同じB型の血液型だったの。

〔A〕B型だったし、O型だった。あの時、私の血液を西山君に提供しなかったのをずっと後悔した。ところが戦争後の足の手術前に血液型を調べたらO型だった。つまり戦争中の検査が違っていたことが分かったんだ。

七月二七日　女工さんたちの古い宿舎へ、そして半年ぶりの入浴

今日、新しい宿舎が隣り町の鷲津にきまった。何キロかの乾ききった道をほこりを立てながら、おれたちはここまで炎天下をあるいてきたのだ。まるで行軍だ。これを毎日歩かせられるのではたまったものではない。文明の汽車はすぐ傍らを走っているというのに、おれたちは江戸時代さながらに歩くなんて馬鹿々々しくなる。鉄道のほうの都合か何かで、おれたちはあと二、三日は歩くことになるらしい。思いやられる。新居を出てから暑さ、のどの乾き、ほこり攻めで悩まされた。やがて田舎や丘を越えて鷲津の家々が見えた時、おれはなつかしさで一杯になった。おれの幼い時かわいがってくれた伯父が、若かりしころ住んでいたと聞いてた町にとうとう来たからである。国道から狭い道にはいったとたんに、家がひしめきあって、それでなんとなく活気を感じた。

おれたちの落ち着き先は、やはり紡績工場の寄宿舎だった。部屋にはいると、まるで映画館の暗いなかへいきなり飛びこんだ時のように瞬間、目が見えなくなった。昼間だというのに、この部屋は全体が暗いのである。暗さに馴れた目で見上げると、天井は真黒く柱

も黒光りし、障子の紙までが茶色に染まっていた。この部屋でしいたげられた女工さんたちを思い出さずにはいられなかった。おれたちはこんな非常時下に羅災の身で来たのだからぜい沢も言えないけれども平和な世の中にこんな湿っぽいばい菌がうようよいそうな部屋に住んだ人々もいたのだ。ぶかぶかするこれまた茶色を通り越した畳にあお向けになっておれたちはまだよい方なのだと思った。

待ちに待った夕食で食事に行くと、そこも暗く新居町の工場に比べると小さかった。ここは部屋ばかりでなく、どこもかしこもくすんでいて、いかにも古い建物であった。食堂にはいった時、どうも見たことのある女性がいることに気づいた。めしを食いながら観察すると、まさしく同じ村出身の同級生、植野と山田の二人に違いないのだ。彼女たちは女学校へは行かず女工としてこの工場へ来たのだろう。そして戦争の緊迫で狩り出されて、炊事の手伝いというわけかと推察した。おれは急に懐かしくなって彼女たちと話したい衝動にかられた。しかし丼を返す時も声をかける勇気はなかった。何かが私を近づけさせないのである。もともとおれたちは同級生といったって男女別に組が編成されていたから話しあう機会さえなかった。顔を知っていただけの間柄である。それにも拘らず、故郷から遠く離れていると、この思いがけない出会いが胸をワクワクさせた。しかも相手は女性ではないか。おれはいつか機会をみつけて話をしようと決心した。何時、何処でと考えると、もうこの冒険は次から次へと想像にふくらまされておれの心を楽しませた。

夕飯が早かったので、まだあたりは明るかった。小さい便所はおれ一人でいっぱいで放尿は小気味よかった。動員以来、こんなにゆったりとした気分で排出したことが一体何度あるだろう。目の前の格子窓から夕日が赤くおれの突出部を照らした。その時、おやっと思った。形状が常ならぬのである。久しい間おれのものさえ見る余裕すらなかったのだ。さわって確かめてみるとカサッと一部がはがれ、その後には見馴れた血の気のない白茶けたのが顔を出し、おれは安心した。手につまんだカバ色の耳あかの何倍かある大きなやつを手のひらにのせて、勢いよく吹きとばした。

その夜、何ヵ月ぶりかで風呂へはいった。三人もはいれば一ぱいになる暗い風呂場だったにもかかわらず、気持がよかった。

〔Q〕女工さんの宿舎での寝泊まりで知ったことは?
〔A〕ほんの一部だったがね。細井和善蔵は名著『女工哀史』（一九二五年）を出版し一ヵ月後二八歳の若さで急死した。
その彼の共著者の奥さん高井としをさんが『わたしの「女工哀史」』（岩波文庫二〇一五年）をこの五月に出版された。この本は解説者の斉藤美奈子さんが「女工快史」と叫びたいと記したほど痛快な女性労働者の記録です。学歴小学校三年で女工・ヤミ屋・日雇い労働者として働き、再婚し、五人の子どもを育てた。「一〇歳（一九一三）で女工となり朝の六時から夕方六時まで一二時間労働で、夜勤も同じ時間働いている。寄宿者は一室二〇畳に二〇人ぐらい寝た」とある。

七月二八日　兵隊の洞窟堀りに　一億玉砕への疑問

今日また艦載機の襲撃を受けた。グラマンなど航空母艦からとび立った者共である。小さいくせに数が多く、何十機と編隊を組んでは次から次へと来る。まことにうるさい存在である。朝早くやられて工場へ行くのは遅くなり、また工場へ行ってからお昼ごろ空襲警報になった。先日の爆撃以来だれの頭も今度はいよいよ、ここの番だと思っていて避難も本格的になった。まず警戒警報でみんな仕事をやめてしまい、工場の外へ出てしまうのだ。近ごろの警戒警報は遅すぎて、おれたちのような海岸近くではいきなり空襲ということもあるのだ。今日ものんびり町のなかを歩いていると驚いたことに爆音が聞こえ始め、あわてて山を目指して走りまくった。おれはこの時ほどつくづく自分の足を頼もしく思ったことはない。小学校五年の時手術した右足がこの空襲下にこんなに走っても痛くもないことはなんとありがたいことだろう。父母におぶさって病院通いしたり、学校へ行ったりしたこと、友だちにちんばと言われ、怒って教室中を追い回したこと、松葉杖まで作ってもらったことが、まるで夢のようになってしまった。

七月二八日　兵隊の洞窟堀りに　一億玉砕への疑問

こんもりした木々の下にはいるや否や不思議な安心感がおれをとらえた。防空壕のなかとは違ってもう絶対大丈夫だという確信である。危険な所にしろおれたちの仕事場の工場から離れることが安心とはすこし気がとがめたが……この山のなかには兵隊がかなりいた。彼等は工場から退避したのではなく前から山にいて仕事をしていたらしい。敵機が遠のいた時、珍らしさに山をすこし歩いたら真新しい赤土の道が続いて、その所々に掘ったばかりの洞窟が大きな口を開けていた。ずい分深く掘ったと見えてなかは真暗で見えないが、ぽっかりあいた穴は無気味そのものだった。本土決戦の準備がいよいよ始まったのだなと感じた。フィリッピンでも硫黄島でも沖縄でも穴を掘った。今度は内地というわけなのだろうが、何となく馬鹿らしいような気がした。こんなことをして何になるのだろう。

おれは近ごろ一億玉砕という言葉が妙に気になり出した。そしてあの洞穴を見てこの言葉の意味することが実感としてわかった。沖縄の悲劇がまたここで繰り返されようとしている。彼等は玉砕の決意で戦かった。ところがどうだろう。沖縄はアメリカ軍にとられてしまった。本土は空襲され、またとられようとしている。だからこそアメリカ軍に占領される位なら死ねと言われる。それが日本人だと言われる。他方おれの臆病心は（これこそおれの本心なのだが）アメリカ軍に占領されても犬死にするよりよいのではないかと思う。生きてよく言われているが実際にアメリカ軍が鬼畜でおれたちを皆殺しにするだろうか。

いれば何かができる。死んだらもうおしまいではないか。

こういう考えは非国民だと言われるだろうが、おれはこの大東亜戦争が何のための戦争か分からなくなってしまった。分かってきたのは日々国民が飢えに泣き、乏しい物に耐え、思ったことも言えず、黙々と苦しんでいるということだ。刻々と同胞は焼かれ射たれて命を絶っている。戦争こそ地獄だ。地獄はあの世のものではない。この世にあるのだ。終わるのが早ければ早いほど我が国の損害は少なくて済む筈ではないか。それをあくまで一億玉砕と言い続けるのは一体だれだろう。新聞やラジオの陰に光っているもの、あの手紙検閲官のようににらんでいるもの、それは一体何なのだろう。それこそ我が国を破滅へと追いやっているものではなかろうか？　おれたちも一歩一歩死へと近づいている。しかも、おれは死の意味を疑いながら。おれは自己の命を天皇に捧げ故国を守るという意気込みで散っていった特攻隊の人たちが今ではうらやましい。彼等は死のなかに名誉を見た。おれは死のなかに悲劇を見ている。彼等には勝利を信じる希望があった。おれには絶望があるだけだ。

七月三〇日　艦砲射撃恐怖のなかで考える

昨日は驚いた。真夜中にドカン、ドカンという音で起こされた。久しぶりの夜の襲撃である。真暗闇のなかで服とズボンを付けた。爆撃をくらって以来、みんな寝巻きを着ないでいつでもとび出る用意なのである。ズックを探すのが多少あわてたが、雨戸をあけると、かすかな光線で友だちが次々と外に走って行くのが見えた。おれも一目散に後に従った。かねてから指定されていた宿舎の裏側五〇〇メートル位の所にある山の中腹を掘った穴にとびこんだ。この穴はあの工場の堤の下に掘ったのと違い上が山だと思うと気強かった。これなら一トン爆弾でも持ちこたえるだろう。冷たい土の壁にもたれかかり腰をおろす。ドカン・ドカンという音がひっきりなしに続いている。すごく近い所だ。今度こそやられるかもしれない。が暗闇のなかで耳をすますと、爆撃とは違っていることに気づいた。軍艦からの地上攻撃である。ドンと音がする。ヒューッと弾丸がうなりをあげて飛ぶ音がする。やがてドカンと落ちる。発射から落下まで手に取るように聞こえる。その無気味さ。うったな、さあ飛んで来るぞと感じる。さあ、今度はどこに落ちるかと想像する。真暗で何も見えない。音以外には何もわからない。あの音からここにくる前の新居がやられているのかと察したが、なんと今日わかったのだが浜松だそうだ。しかし昨夜は、いよいよ聞いていた上陸作戦の開始かと思って、もう必死だった。豊橋がやられた真夜中の材木の上と違い、洞穴のなかは目をどんなに大きく見開いても何にも見えない。かすかに入口だけが分かるだけで、時どきふいにおれがこのなかに一人っきりでいるような不安に襲われた。静まり返った洞穴は何十人もの人がいるとは思えない静けさなのだ。それで時どき話しかけるか、手をおずおずと伸ばして友がいることを確かめた。一時間もたったろうか。砲撃がやみ宿舎へもどった。ふとんにもぐってもなかなか寝つかれない。次々とさまざまな雑念が湧き出て、なおのこと眠れないので弱った。我が国の形勢はますます不利である。敵の軍艦がたとえ闇打ちにしろ砲撃できるくらい近くまで、我が国の海岸近くにのさばってる。上陸作戦まであと一歩である。舟の数を増して戦車と兵隊を輸送すればよいのだ。ところが、おれたちには本土決戦と勇ましく叫んでいても何の準備があるだろう。最後まで戦えと言われる。何を持って戦うのか。学校では軍事教練で銃の操作は習ったが、ここには銃はない。竹槍すらない。ここまで考えると馬鹿々々しくなっちゃって、なるようにまかせるよりほかないと分かった。

これはおれの秘密の覚悟だが、折角ここまで生きのびたんだから、できるだけ生きようと思う。そしてもし戦争が終わるまで生きのびたら、戦争がいかに野蛮なことであるか、人間が互いに殺し合うことはいかに愚かなことであるか、伝えたい。

昨夜もまた、罪なき人々が命を失ったことだろう。先日の豊橋空襲の際、ほんとはもっと多いだろうが、一夜にして五四〇名も死んだそうだ。しかもその内三割は幼少児で、約六割が女子だそうだ。昨夜の艦砲射撃で多くの家屋も破壊されただろう。戦争のために父を母を子を失った人たちは何に向かって嘆けばよいのか。財産を灰じんに期した人々は、どこに訴えればよいのか。砲撃したアメリカへか？　防備不十分の我が軍へか？

戦争は殺人であり破壊である。人を殺さない戦争もなく家をつぶさない戦争もない。一度戦争を肯定した者は大量殺人と大量破壊を認めたことになる。もう退くことはできぬ。おれたちは喜んで戦争に参加してきた。人殺しの道具を作って来た。だからおれたちは死もやむを得ない。しかし子どもに何の罪があろう。家を守る女性に何の責任があろう。ところが空襲はかかる無実の人々の命をも奪っている。恐ろしいことだ。戦争は相手の息の根を止めるものが勝つのだ。

おれがもし生きのびることができたら絶対に戦争に反対しよう。殺人道具を作ることも否定しよう。戦争の悲劇を二度と繰返してはならない。おれがたとえ死んでも、この日記は生きのびてほしい。貴重な若き日々を兵器作りのため空白にしてしまった者の苦々しい記録が役立つこともあろう。

〔Q〕艦砲射撃の被害はあった？

〔A〕結果を数字では見たことはない。しかし被害はかなりあったと推測できる。私はその被害をこの目で見た。私の浜松の学校にはプールが学生用と小学生用と二つ並んであったが、一発で破壊されてしまった。

八月一日　夜の水泳

敵空母が十数隻も近海にいるのだそうだ。一昨日の来襲は二〇〇〇機だそうである。また清水が艦砲射撃でやられた。昨日も夜中に艦上機が十何機か来た。こう連日寝ている内に来られると睡眠不足になってしまう。だから今日の夜勤は眠くてたまらない。それにいやにむし暑くて、しかも炉はどれもこれも一〇〇〇度以上の熱を出しているのだからたまったものではない。水も飲みあき、例のごとく窒素ボンベにくっついた霜のような氷をかじりとって食った。このころは仕事がどういうわけか以前よりずっと楽になって暇も多い。これでは飛行機の生産数も思いやられる。仕事に追いまくられたころのほうが張合いがあった。ぶらぶらしていると益々おれたちは何のために生きてるのか分からなくなってしまう。

炉があいて試験する部品が来るまで眠ろうと、涼しい所を探したがなかなかない。たまたま横になっても暑くて眠れやしない。村上の奴も眠るのはあきらめたようだ。それで「泳ごうじゃあないか」と誘った。近ごろは爆撃以来、鷲津から通ったり空襲警報の度にとび出したり工場の外に出る機会が多くなったが、前には工場外へ出るのは難しかったので、おれたちは工場のなかで遊び場を探した。おれたちの仕事場の向こうのコンクリート塀の先は海からの入江になっていて、晴れた日など舟虫やかにが動くのを眺めたりしたものだった。暑くなってくると絶好の泳ぎ場がつい隣にあるのに泳げないのがいまいましかった。おれが金づちだからではなくて、何時空襲があるのか分からないからだ。裸のままやられてたらみっともない。月もなく真っ暗闇だ。村上も喜んで承知した。堤防の上で服をぬぐと、静かな風が心地よくはだをなでていった。暗いので足元に注意しながら慎重にはいっていった。水は最初ひやりとして冷たかったが、やがて滑らかにおれを包んだ。平泳ぎで静かに泳ぐと足にさわるものがあってギョッとした。おれより泳ぎの達者な村上はすこし先を泳いでいて「海草が足にさわるぞ」と言った。少々じゃまで薄気味悪い。夜の入江は静かだったが何か異様な感じに襲われて沖へ出ることをためらわせ、すぐに引き返した。水から上ってみると短い時間だったが、汗がさらっと落ち、全く気持がよい水泳だった。

昨年は学校のプールでのんびりと夏中泳ぎ回ったものだった。おかげで泳法もクロール・横泳ぎ・立泳ぎと次々に覚えた。立ち続けに何分も泳がせられるのは苦手だったが、今にして思えば夏は夏で楽しかった。ばた足の練習、水中でのボール遊び、シャワー、飛び込み、まったく愉快だった。まったく思い出せば思い出すほど、こっそり真夜中に水泳しなければならないこの状態がうらめしい。工場のなかにはいって例の如く弁てこやシリンダーの硬度検査をした。タクタク、ドシーンという機械のきまりきった音を聞きながら作業をしている内に、ふと涙ぐんでしまった。何だか今のおれは毎日この何ヵ月間同じ仕事をやってきた。進歩も工夫もいらない仕事で、ただやればよいのだ。今さらのごとく初めのころ勉強しないのを喜んだ浅はかさを悔んだ。こうしてだんだん愚かになってゆくのか。

八月五日　動員中唯一の授業、軍事訓練

二、三日前の真夜中に空襲だというわけで退避した。後で聞くとまた浜松にB公が何十機となくやってきたのだそうだ。まったく浜松はよくねらわれる。昨夜は夜勤だったので朝早く宿舎に帰ってきて床についた。目をさましたのは、もう昼すぎだった。隣の部屋から連絡が来て、今日、砂山大尉が来たので全員午後になったら裏山に集合とのことだった。やれやれもう軍事教練などというものとは、お別れと思ったらそうはいかんとみえる。おれはまだぼおっとした頭で明るい障子を見ながら、もう七ヵ月間も勉強してないことをふと思い出した。おれは確かに勉強ができなくなることを喜んでここへ来た。そしておれの望んだ喜ばしい状態のなかでやがて退屈になった。今はおれは日に日に馬鹿になっていくのを感じる。今にして思えば学校にいたころは不平を言いながらも、充実した生活をおくっていた。退屈な授業の時は空想していればよかった。先生の目を盗んで自分の好きなこともできた。工場では仕事の時は緊張の連続だ。手を抜けば、部品がオシャカ（不良品）になるか、こっちがけがするのだ。学校では読みたい本は図書館にいっぱいあった。学校の

帰りには必ず一〇軒ほどの古本屋と二、三軒の大きな新刊本屋をのぞいたものだった。ここでは本がない。だが皮肉だ。学校生活で一番きらいな教練だけが、ここまで御出張とは。

やがて村上も三木も起きた。「今ごろになって何をやる気なんだろう」というのがみんな一致した点だった。この暑さではだるくて、その上、まだ眠くて、だれもかれもやる気もなく、だらだらと裏山に集まった。学校ではここで一喝される所だが無事に済んだ。大分おれたちへの態度が変わってきた。彼を何ヵ月ぶりで見て、ずいぶんおじいさんだったのだなと見直した。白毛がますます多くなって、しわの彫りも深くなっているが元気だけは元通り。何だかとてもなつかしかった。また会えたことが何か不思議なことに思えた。近ごろのように空襲続きだと生きて会えるかどうか疑問だからである。おれは砂山大尉殿の丸い見馴れた顔と白くなったちょびひげと優しそうな細い目をしげしげと見た。話を聞きながらもこの老人が元気一杯に銃剣術を教えてくれたことを思い出さずにはいられなかった。その時にはまだ教練用の銃があった。しかし今敵艦は海上に出没し、何時本土に上陸してくるかわからない時に、おれたちは手ぶらだった。竹はおろか棒切れもない。本土決戦とは勇ましい言葉だけれど、竹槍さえない戦いとは何をすることなのだろう。「沖縄の学徒は玉砕して恐れ多くも天皇陛下の御為に身を捧げた」先生の言われるように、ほんとに彼等は戦った、せい惨なる戦いのなかに散っていった。ところが、ああ、あの尊い命の代価を払った行為が無意味だったといいきれないが、一体何の意味を持つのだろう。あの悲劇……動員された初めのころのおれと同じで真っ正直に新聞の報道を読み、聖戦を信じ、教えられた通りに天皇のためにすべてを犠牲にした姿。それは信者にとっては美しい殉教者であっても、不信のやからから見ると結局、大量自殺だった。天皇家の信者からみれば沖縄の学徒は聖者なのだが、おれからみれば悲惨の極みの象徴である。しかも多くの殉教者と同じように必ずや忘れ去られるに違いないのだ。情けないことだ。が、その時こそ再び殉教者を出してしまうのだ。おれは彼等の悲劇を絶対に忘れまい。純心なるものが、素直なるものが、犠牲になったのだ。「彼等の勇敢なる行為を継ぐのは君達なのだ。彼等は立派に沖縄を守った。諸君はこの八百万《やおよろず》の神の国、日本を守らなければならぬ」沖縄を守った？　確かに守ろうとした。しかし、沖縄はとられた。負けたのでは単なる犠牲にすぎない。もしおれたちが玉砕して日本がアメリカの領土になったら。「今日は、本土決戦に備えて諸君の心得ておくべきことを教える」また始まった。四角な小さな箱が前に置かれた。それが敵の戦車を粉砕するはずの爆薬のつもりだった。

「敵が上陸を開始するや必ず戦車が先頭に立つ」そんなことは知っている。そしてその前に艦砲射撃と空襲で地形が変わる位、弾薬をぶちこまれるのだ。それを故意に落としているのだ。そこで死なずに済むとして……「敵戦車の下に、これを投げ入れるのだ。……ほふくして戦車に近づき射撃をそらすこと……」まるで、ノモンハンの時とこれでは変わらない。六年前のあの時と違って、今度は近づくと火炎放射器で焼かれることも覚悟せねばなるまい。まじまじと大尉殿の顔を見たが、彼は大真面目で話している。友だちはほとんどぼんやりして聞いていない。そっぽをむいているのもいた。おれたちには大尉殿のやり方ではだめだと知っているのだ。科学技術は進んでいることを、おれたちは工場で知っているのだ。焼き入れだって、前のような冷却法や炭素をしみこませる方法のほかに窒素をしみこませる窒化という新方法で大量に生産している。今まで飛んだこともない高空を飛行機はとんでいる。一万メートルだと零下五〇度位だそうだ。電熱服を着て、酸素マスクを使って科学の力は寒さと空気の希薄さを克服している。この時にノモンハンの時と同じように戦車に向かって自爆するのか。

「さあ、これから実地訓練と行きたいが、本日はこの箱しかないし、ここはあまり狭くて無理であるから止める」砂山大尉の無念そうな顔を後に、おれたちはやっと解放された。

おれは帰るや否や波を打っている畳の上に寝こんだ。なんだか笑えてきてしょうがなかった。大尉殿の話を思い出した。玉砕、天皇の御為、八百万の神、本土決戦、戦車、ほふく、しかし火薬をいれた箱さえない。……

〔Q〕軍事教練はどの学校でもやっていたの？

〔A〕男子の中学校以上では必修だった。いざという時に兵隊を確保するのが主なねらいで、退役将校の失業対策にもなっていたね。

〔Q〕ノモンハンとは何ですか。

〔A〕ノモンハン事件のことです。一九三九（昭和一四）年満州国とモンゴル人民共和国との国境で起きた日本とソ連軍の衝突事件。ソ連軍の空軍と戦車部隊に、日本軍は兵隊が爆弾を持って投げこむ戦術で大敗。日本軍は参加した兵の三分の一が死傷。この責任を感じて五人の連隊長が自決。

「この結果をもうすこし本気になって考え反省していれば、対米英戦争というまけるに決まっている、と後世の我々が批評するようなアホな戦争に突入するようなことはなかったんじゃないでしょうか。でも残念ながら、日本人は歴史に何も学ばなかった。いや、今も学ぼうとはしていない」（半藤一利著『昭和史』平凡社二〇〇四年）

八月一〇日　広島に新型爆弾

遂にソ連が我が国に対して宣戦を布告した。ソ連との間には不可侵条約が結ばれている筈なのに一方的にうっちゃったというわけだ。宣戦布告文にはアメリカなどの要請により参加を決定したと書いてあるが、それが事実であったにしろ言いわけにすぎない。おれたちは裏切られたのだ。だいたい大国というものはずるい。信頼できない。自分の都合のよい時に条約を結んでは都合が悪くなってくると勝手に捨てて顧みない。ソ連の場合、我が国と結んだ当時のことを考えてみても、西側ではドイツの進撃で悩まされ、東側では日本が何時侵入してくるかわからないという板ばさみの状態だったから、松岡外相が条約を持ち出した時には大歓迎だったわけだ。所が今や事情は一変した。ドイツは降伏しソ連の西側の不安は消えた。そこで東側に攻撃をしかけてきたわけだ。アメリカやイギリスもずるい奴だ。日本がなかなかしぶといのにしびれを切らしソ連を対日戦の仲間に引きずりこんだのだ。これでもう負け戦さは決定的になった。あの強力なドイツを破った陸軍を持つソ連はアメリカ以上の強敵だ。

悪いことは重なるもの、六日に、広島へ来たB29が新型爆弾を投下したそうだ。落下傘でおろし空中で破裂した。たった一発のために広島全市にわたり相当の被害を受けたそうだ。例の「詳細は目下調査中」となっていたが発表はあてにできまい。しかし落下傘でおろすなんて随分変わった爆弾である。確かに新発明のものに違いない。その上たった一発で広島中に被害を与えたとは驚くべき威力だ。中立国スイスを通じてアメリカに抗議したという位だからよっぽど被害が大きいに違いない。まったくえらいことになったものだ。新聞では「人道を無視する残虐な新爆弾」とか「口に人道主義を唱える敵米は……天人共に許さざるこの暴虐をあえてした」とか書いているが、おれにはどうもピンとこない。被害の事実を知らせてくれないのだから、例の誇大な宣伝なのかと思いたくなる。それに近ごろつくづく考えるのだが戦争である以上、もう何をされても仕方がないのだと思うようになってきた。第一、新型爆弾だってこっちが発明していても使わなかったろうか。おれは断言できる。必ず使っただろうと。自己が有利になるためには、どんなことだってするだろう。戦争とはそういうものなのだ。戦争のなかで人道主義なんて言ったたってボカンとやられてしまえばオダブツなんだ。「勝てば官軍」とは戦争の真実を表現した言葉である。それが戦争のモラルなのだ。愛とか情とかいうおよそ人間的なものとかけ離れた畜生のおきてこそ戦争を支配しているものなのだ。戦争を続けている間、人間は野獣と同じだ。そして武器はどんどん発達して、やがては主人たる人間様に手向かうようにならぬとも限らない。しかし、おれはどうしても人間の未来を信じたい。戦争のない世の中を人間は作ることができる。歴史をみてもそうだ。戦国時代のように大名同志が国内で争うことは今や昔話である。今に地球のなかで国々が争うことは珍しくなり、やがて消えていくだろう。わずか八〇年ばかり前には腰に刀なる殺人道具をさしている習慣だったのが、今では丸腰が普通になってしまった。将来、武器は博物館行きとなってほしい。そしておれたちの子孫が昔のさまざまな殺人道具を物珍しげに見て、昔の人たちは馬鹿げたことに人間の才能を使ったものだと言えるような世界にしたい。武器のいらぬ世界になってこそ真の平和が訪れるだろう。

〔Q〕「新型爆弾」？　原子爆弾だとは知らなかった？

〔A〕日本でも研究していたから、専門家は知っていただろうね。しかし戦時下のニュースはすべて検閲されていて国民に真実は知らせなかった。原爆後の悲惨な状態を当時東大の医学部に勤めていた加藤周一さんが、原爆投下二ヵ月後に広島で、原子爆弾影響合同調査団の一員としてこう書いている。

「子どもたちの顔は、火傷の瘢痕《はんこん》にひきつり、髪の抜けた女は、風呂敷で頬かぶりをして、太陽の下を逃げるように歩いていた。爆心から遠く破壊を免れた郊外の病院には、まだ病人があふれていて、歯ぐきを腫《は》らし、傷口から膿《うみ》を流し、高熱に昼も夜も苦しんでいた」(『続羊の歌』岩波新書一九六八年初版)

八月一一日　戦争成金の幽霊うようよ

戦局が最悪の状態だというのに、この際にもうけておこうという、ずうずうしい者共がいるとは情ない。露天商が配給品の横流しを闇値で売っているそうだ。丸公（公定価格）で一三銭の糸が一〇円から二〇円で、原価五、六銭のゴムひもが一円五〇銭から二円ぐらい、安下駄が一足二五円、鼻緒が一本一〇円というべらぼうな値段なのである。まさにケタはずれの値段のつけ様である。品物が無いから買う人があるのにつけこんでの値段なのだが、あまりのことである。これも武器一点ばりの生産の仕方が国民の日常生活まで脅かしている現れだが、それにしても品不足を商売の好機会と金もうけを考える奴らが、この「欲しがりません、勝つまでは」の戦時下にいるとは浅ましい。工員の井上さんの話だと、もっともっともうけている奴らがいるそうだ。

そう言えば、おれの隣り町の蓑田鉄工場などおれの小さいころは小規模だったが、戦争が始まって以来、だんだんと大きくなり、今では従業員も五〇〇名は下らない大工場になってしまった。村の青年たちも大勢行っている。そう言われてみれば確かに「戦争成金」がいる。

戦争はなぐり合いだ、おれたちでいうとけんかだ、と今まで割切っていたが、どうも規模が大きくなると簡単に言えないものだ。戦争では殺し合いをしている背後に食糧を補給する係や、おれたちみたいにけんか道具を作っている係もいる。その間をうまく立ち回って金もうけをしては、にやにやしている奴らもいるのだ。ただ、そいつらは人々が全神経を敵に向けている時だけに、見えにくいだけなのだ。おまけに戦争そのものが消耗戦だから作っても作っても足りるということもなく、作れば作るほど国のためになり、御奉公という美名のもとにもうかるという仕組みだ。

幽霊はやっぱり存在していた。おれは科学を学ぶにつれ、お化けを否定してきたが、どうも改めなくてはならない。日本の人口は戦没者・爆死者続出にかかわらず、急激に人口増である。しかも目に見えない人間が大勢出現して、米の配給をもらっているのだ。赤坂の某町会では実人員の六〇七名を七二〇名と登録して一一三名の幽霊を製造して米の配給を受け、それを町会役員や隣組長で山分けしていたという。某工場では罹災後四〇〇名となった工員を、前の通り九〇〇名として米をもらい、その剰余分を工場幹部が物々交換に使っていたそうだ。芝区の某隣組では一五〇名の幽霊を作り約一年間の不正配給を受けていた。また派出婦人会は二一名の転出者の手続きを故意に怠っていた。その他小物に至っては、同居人をふやしてみたり、アパートの管理人が転出者五名の手続きをせずに米五俵をごまかしていたり、羅災証明書を使って一人で四ヵ所から配給をうけていたという四重どりから、架空人物デッチあげの二重配給に至るまでさまざまだ。何という人間の悪知恵だろう。生きるためとはいえ情ない。「一億困苦を克服、国体を護持せん」と下村情報局総裁が言った。後半なんかどうでもよいか、確かに、この困難な時こそ国民は共に力を合わせて乗り切らなくてはならない。警視庁では不正者の絶滅を期して取り締まっているという。だがおそらく幽霊は後を絶つまい。

〈Q〉戦争下で食料品や物資が不足していたのにそんなずるいことをする人がいたの？

〈A〉あのころは誰もが生きるために必死だった。でも食糧難のなか配給制度を悪用してもうけた人は許せない。戦後でももうけるためには何でもする連中がいたよ。

私が戦後一、二年の学生の時、知りあいのうどん製造業の方に駅で会った。「景気はどうですか」と尋ねたところその人は「よくないです。また戦争にならないかな」とつぶやいた。国民が戦争にこりごりという時に、そんなことを言うのに驚いた。

彼は後に市会議員になりました。

八月一四日　七ヵ月ぶりの帰省

自分の部屋でこの日記を書くなんてもう七ヵ月ぶりになってしまった。机に向かって書いているなんて何だか自分でないみたい。昨日、突然同郷の田代に話されるまで帰省できるなんて夢にも思わなかった。彼が先生に申し出て村には桃など果物があるから買ってきて皆にわけてやりたいと提案し、先生が買い出しを喜んで承諾してくれたのだそうだ。まったくここへ来てからというものの、夏みかんや梨や果物にお目にかかったことがない。汽車のなかで田代に村に桃の木があるかと尋ねたら「なんでもいいんだ。家へ帰るのが目的さ」といとも簡単に言ってのけた。なるほどよく考えたものだ、と彼の知恵と度胸に改めて感心した。

今朝は朝から農家を回ったが桃はおれの村にはない。その上、ビワがあっても、あきれたことに体よく断られてしまうのである。おれたちは弱ってしまい、桃は桃だが山桃の大木に目をつけて、何軒かに交渉の末、やっと二人のリュックは七分目ぐらいになった。一杯にならなくても、これでたくさんだ、くたびれた、というわけで明日の出発の時刻を打ち合わせておいて家にもどった。もう役目は果たしてしまったので気が楽だった。

汽車のこみようは聞きしにまさるものだった。乗る時はデッキにやっと足がかかったままなので、腕を支えるのが大変で鉄橋を渡る時など、ひやひやしてしまった。はみ出ているから風あたりは上々で夏だというのに涼しかったが、次第に腕は痛くなるし、離したらオダブツだし、まったくこりた。浜松駅では降りる人が多くなかへはいれた。驚いたことに荷物棚はうすよごれた大きな包みが貨物車のように満載され、通路もそここに荷物がおいてあった。混雑の原因は人でこむというより荷物でこむのだなと思った。さて、降りる時になって参った。出入口へはどうしても行けないのである。仕方がないから窓からとび出した。

しばらくぶりの金谷の町も、おれにとっては驚きだった。あの新居のように町全体がまるで死にかかっているのだ。どの家の戸も固く閉ざされているみたいに動かない。道を通る人も少なく、商店もなく、あるものはほこりをかぶった屋根とくすんだ戸や障子だった。私が新居に見た死人の相はあそこだけではなかったのだ。日本中の村々や町々がきっとこうなっているんだと思った。品物はなくなっている。男は戦地で戦っている。残った大人は工場で働いている。子どもや女や老人まで生きるための仕事と空襲に備えなくてはならぬ。ひまな人間なんていないのだ。誰もかれもが自分の持ち場で一生懸命やっているのだ。

久しぶりにたまっている話に花が咲いた。おれが想像した以上に村の生活も大変だと分かった。空襲だって牧之原の飛行場がねらわれる度に、この辺の上空は敵機が我が物顔に飛び回り、先日など隣り町に爆弾を投下したという話である。父など悟りきって、どうせ死ぬならふとんの上だ、と空襲があってももう逃げないことにしたと笑いながら言った。その笑い顔がとてもさみしかった。どこの誰が召集されて戦地へ行った、あんな年の人までとるようになったとか、あの家で徴用に主人がとられ家族が困っているとか、どれもこれも暗い話ばかりだった。おれの家だって父がまさか召集されるには年をとりすぎると思うけれど、もし徴用にでもなったらどうして暮らして行くことだろう、と気になってしょうがなかった。

〔Q〕戦争中は汽車に乗るのも大変だったんだね。

〔A〕乗り降りは、文字通り命がけ。窓からの乗り降りも普通だった。

八月一五日　終戦を踊り上がって喜ぶ

なんと嬉しいことだろう。戦争が終わった。おれはあまり喜びすぎて躍りあがって、父にとがめられてしまった。とに角、無性に嬉しかった。じっとしておられないのである。だが父も母も深刻な顔をしているので少々遠慮した。どうして悲しそうなんだろう。負けたことなのか。おれたちが「勝つ勝つ」と言われてあざむかれて来たことか。だまされてきたおれたちはあわれだと確かに思う。しかし負けたことが、おれは悲しいとは思えない。負けたおかげで戦争は終わった。もう空襲がない。艦砲射撃もない。逃げ回らなくてもよい。勤労動員も終わりだ。おれは生き残ることができた。父母も妹も栄養失調になりかかりの青い顔で目をギョロリとしているけど、とに角生きている。よかった。滅茶苦茶な戦争を導いてきた職業軍人の時代はすぎた。彼等は口を開けば、天皇のためだと言いながら、主人の威を借りた番犬よろしく吠えたてて、多くの人々を苦しめ、いばりくさったものだ。その上、自分たちの力で間に合わなくなると、次々と国民を徴兵し軍人に仕上げ、殺人商売に強制的に従事させてしまった。

一億玉砕も玉砕してしまった。のろわしい言葉だ。この言葉のために純真な人々の生命が失われて行った。南の果てに、北の果てに、その言葉は伝染病のごとくに猛威をふるった。だからもうお前は決して使われることはないだろう。お前にふさわしい墓場で永遠に眠れ。

遂に神風は吹かなかった。代わって数多くの青年たちが神風特攻隊の名のもとにこの世を去った。聖戦と信じて彼等は死んでいった。疑うこともなく天皇のために散っていった。この特攻隊という名の人間爆弾こそ、この戦争の悲劇の象徴である。思えば残酷なことであった。将来ある人間の尊い命を鉄や火薬と同時に炸裂させてしまったとは。何のために。

恐ろしい戦争は終わった。それを素直に喜ぶべきだ。大いに笑うべきだ。おれたち国民の愚かさを。その喜びと笑いがこの国を覆う時、日本は救われる。もし負けた悲しみで未来を生きるとしたら、勝つためにまた戦わなくてはならぬ。

おれはこの戦いで学校では学べぬさまざまなことを学んだ。戦争は罪悪であること、国民をあざむいている味方は敵以上に恐ろしいこと、戦争でもうける人もいること、戦争のなかで人間は堕落し動物の本性を現すことなどを。そして他ならぬおれ自身が戦争のなかで、いかに貧欲で冷酷で非人間的であったかを。

戦いは終わった。おれは生きている。まだ若い。これから力一杯に生きよう。死ねという教えは間違っている。人は必ず死ぬ。いつ死ぬかわからない。だから死を急ぐ必要などない。生きるのだ。精一杯生きるのだ。

〔Q〕戦争に負けたことを国民は悲しまなかった？

〔A〕大部分の人は悲しんださ。だけど本心はみんな戦争が終わってホッとしたと思うよ。戦争のひどさを感じていた人たちは喜んだ。その喜びを素直に出せないのが軍国主義の恐ろしさ。私など小学校一年から国定教科書で、スススメ　ススメ　ヘイタイススメで教育された。天皇のため、国のために死ねと教わってきたのだから。精神的に国民を戦争に協力させた教育は恐ろしい。

〔Q〕勤労動員で学んだ一番大事なことは何でしたか。

〔A〕沖縄の名言「命こそ宝」だな。その命を守り人生を豊かにするためには、疑問を持ち、あなたのように大いに質問し、自分の考えを持ち、新聞やテレビのニュースをうのみにしないこと。哲学者パスカルが言ったように、人間は「考える葦」ですから。それと今二度と戦争しない決意の宝物憲法九条を変えたがる人たちがいる。九条は三一〇万の戦没者とその倍以上の家族の願い、九条こそ、人類が生き残る道だと思う。

おわりに

あの勤労動員中の空襲で逃げ回ったこと。外出の自由さえなく、手紙は検閲され、まるで入獄生活のようだった日々を思うと、これからの若い人たちを戦争という大量殺人に巻きこんではならない。この決意で英語を教えて来ました。平和教材を授業で扱い、その結果を英語教師の全国大会で発表しました。

教材はあらゆるものから選びました。

次はマンガの『はだしのゲン』の英語版で教えた時の高校二年生の感想です。

「ゲンが体験した原爆は、すさまじいものだと思います。ヒトがヒトでなくて怪物になってしまうなんて。恐ろしくてとても信じられません。地球上から・核・というものが消え、戦争がなくなれば、ゲンが願う本当の平和が訪れるのではないでしょうか」地元の第三のヒバク、第五福竜丸事件を扱った。ヒロシマ・ナガサキは世界的に知られ、ヒバクシャは英語にはいった。しかし一九五四年三月一日の米国によるビキニ環礁での水爆実験で、日本の漁船が八〇〇隻以上被害を受け、直接「死の灰」を浴びた焼津のマグロ漁船第五福竜丸がヒバクしたことは意外に知られていない。この事件は、たった一回の水爆実験で太平洋の海水と大気が汚染され、核実験は人類の生存を脅かすものと世界の人が知り、原水爆禁止運動が高まり、翌年世界初の原水爆禁止世界大会が出発した。

この三・一ビキニのニュースを一九八八年三月二日の英字新聞デイリー・ヨミウリが報じた。この記事が「第五福竜丸は、不法にも立ち入り禁止区域にはいった」と誤った書き方をしたので、私は抗議して、「実際は五〇キロも離れたところにいた」こと「米国は禁止区域が狭すぎたと知り八倍も広げた」と書いたら、なんと投稿欄に私の英文を掲載してくれた。後にこの事件を高校生に広く知らせるために、英文の『ラッキー・ドラゴン』を出版した。

英語を学んでよかったと思うことが時どきある。何年か前、靖国神社の戦争博物館・遊就館を見学した。見終わって感想を書く所でノートをめくっていたら外国人の英文の感想があった。「この博物館は戦争を賛美していてがっかりした」と書いてあった。私はその下に「私はあなたの意見に賛成で、この博物館は戦争を美化していて戦争の悲惨さを伝えていない」と書き込んでおきました。

英語の全国集会が福島市で実施された時、丁度県立美術館が開館したというので見に行き、そこで第五福竜丸事件で亡くなられた久保山さんを描いた米国の画家ベン・シャーンの絵を見た。その絵のなかに説明があり「私は久保山という漁師で、三・一ビキニの実験で火傷を負い九月二三日に死にました」とあった。この絵を高校生に教えた時の感想の一つ。「あの人間と思われない久保山さんの絵は戦争（核）の恐ろしさを示していると思う。」
また、平和教材というと戦争教材を思いつくが、実は人権を守ることこそ平和への道です。人種差別反対に立ち上がった黒人たち二〇万人が一九六三年ワシントンに集まり、そこでのキング牧師の名演説「私には夢がある」を教えました。ある生徒は就職試験で、尊敬する人物は？　と問われ「今英語で習っているキング牧師です」と答えたという。牧師は自国のソロー（一八一七～六二）という思想家とガンジー（一八六〇～一九四八）に非暴力で不正への抵抗を学び、黒人の地位向上に貢献しました。

日本福祉大学で英文読解と英作文を教えたのは楽しかった。教材を自由に選べるので英米の新聞から取り上げた。新聞の良さは時の事件を報道するので学生の関心が高い。オーム真理教事件の時のニューヨーク・タイムズの記事を要約し注つきの付録で配布したら、驚いたことに他のクラスの学生までもらいに来た。別の記事「問答、宗教テロの増大する危険」は英国のテロ専門家が質問に答え、宗教テロは狂信的回教徒に限らず「神聖な超越的な行為としての暴力の信奉」は普通のことで、米国では水源地に青酸カリを投入しようと一一四リットルも準備したのが発見されました。

英作文の授業では、戦争と平和について対話形式で二人が協力して作成の時、学生たちは憲法九条や原爆や祖父母から聞いた空襲や戦争の話を書いてくれました。

町の生涯学習講座では教師の時も学生の時もありました。英語での討論クラスでは、母語が英語の教師が私たちの討論に加わって下さり、私は後で自分の意見を英文でまとめ添削してもらい私家版「嵐の時代に生きて」を三冊作り、そこでも非核三原則や原発や平和憲法について意見を記録しました。朝日イヴニング・ニュースに米国の有名な作家ボブ・グリーンが「原爆投下は止むをえない」と書き、それに反論してボブさんに手紙を出しました。原爆投下は犯罪であり、敗戦を早めたと言うがすでにその時までに無差別空襲で日本の戦意は失われていた。しかも両原爆で殺された三二万人は民間人であった。また、負傷者の手当のため国際赤十字から派遣されたスイスの医者が、追加医薬品を米軍に申請したが断られたと指摘した。グリーンさんからの返事はなかった。

環境問題を高校用英語教科書に書き採用されました。「空飛ぶ宝石」という題で、私が住んでいた静岡県で実際にあった話です。たまたま見つけたカワセミという実に美しい鳥を知り、地元のあちこちの川で発見。その一羽が、小川が改修されコンクリートで固められ魚が住めず、えさにありつけないカワセミが姿を消した話です。人間が勝手に環境を変え、地球に住む動植物の生存を脅かすことへの警告です。しかし、これが平和教材とは気がつきませんでした。

カナダの日系三世で二〇〇四年のカナダの全国規模の人気投票で「最も偉大なカナダ人」

に選ばれたディヴィッド・スズキさんはこう言っています。
「増々続ける干ばつや、その他の極端な気象変化、病気を媒介する生物の増加、そして水不足を招く地下水の水位の低下は、将来予想される問題の一部に過ぎないのです。こういったたぐいの負荷が、環境難民を生み出し、資源をめぐる紛争につながる可能性があります。ですから、環境の悪化を防ぐことは、世界の安全保障と世界平和にとって、なくてはならないことなのです」（ケン・ベラー、ヘザー・チェイス著『平和をつくった世界の二〇人』岩波ジュニア新書二〇〇九年）

核兵器所有国や放射性廃棄物の始末さえできない原子力発電所の存在、地球の温暖化と異常気象、今や国家間で争っている時代ではありません。平和憲法の精神、武力で問題を解決せず戦争の放棄こそが、人類の生き残る道です。

最後に、この本を出版してくださった本の泉社に感謝申し上げます。

どの出版社にお願いしようかと、思案していましたら、医者をしている娘が、愛読している雑誌の発行所本の泉社を紹介してくれました。早速、原稿を送りましたら比留川社長さん自らお読みくださり、いくつかの用語の適切な使い方など修正してくださいました。その後、ＤＴＰデザイナーの田近裕之さんが、さらに文字の転換や読みやすく原稿を構成してくださいました。本当に有り難うございました。

●著書紹介

鈴木 光治（すずき みつはる）

1930年　東京都で生まれ、静岡県で育つ
2007年　千葉県流山市に移住
浜松師範学校卒、
通信教育で慶應義塾大学文学部と中央大学法学部卒
［職歴］小学校　東京都足立区伊興小学校
　　　中学校　東京都足立区江南中学校、静岡県榛原郡五和中学校
　　　高　校　静岡県清水西・掛川工業・焼津中央・島田商業
　　　大　学　愛知県日本福祉大学
　　　生涯学習　静岡県榛原郡、金谷宿大学
［著書］高校生用英語副読本
　　　“The Lucky Dragon”（三友社出版）
　　　（私家版）“Living in a Stormy Age” 全三冊
［共著］高校生用英語教科書六種類（三友社出版）
　　　“父が語る太平洋戦争２”（童心社）
　　　“明日をはぐくむ英語教育”（三友社出版）
　　　“国際化時代の英語教育”（三友社出版）
　　　“グローバルな心を育てる”（三友社出版）
　　　“英語と平和”（桐書房）

学生《がくせい》、戦時下《せんじか》の強制労働《きょうせいろうどう》 ——私《わたし》の学徒《がくと》勤労動員日記《きんろうどういんにっき》——

2015年12月17日　初版　第1刷　発行

著　者　鈴木《すずき》　光治《みつはる》
発行者　比留川　洋
発行所　株式会社　本の泉社
〒113-0033　東京都文京区本郷2-25-6
電話 03-5800-8494　FAX 03-5800-5353
http://www.honnoizumi.co.jp/
DTPデザイン　田近裕之
印刷　新日本印刷株式会社
製本　株式会社　村上製本所

ISBN978-4-7807-1251-3　C0036